鯖《さば》猫《ねこ》長屋ふしぎ草紙(八)

田牧大和

PHP
文芸文庫

○本表紙デザイン＋ロゴ＝川上成夫

目次

水戸中納言
(水戸徳川家中屋敷)
根津権現
霊雲寺
根津門前町
甘酒屋
鯖猫長屋
忠経寺
根津宮永町
休昌寺
雪豆
松平伊豆守
(三河松平家下屋敷)
不忍池
寒松院
仁王門
東叡山寛永寺
西
北
南
東

鯖猫長屋
ふしぎ草紙　絵図
根津・上野
湯島
三念寺
松平加賀守
(加賀前田家上屋敷)
麟祥院
門前町
とんぼ
湯島天神
神田明神
坂下町
平八宅
池之端仲町
上野北大門町
上野元黒門町
黒門
見晴屋
下谷広小路
三橋
仁王門前町
彦成屋

鯖猫《さばねこ》長屋をめぐる猫と人々

青井亭《あおいてい》 拾楽《しゅうらく》……猫専門の売れない画描《えか》き。

サバ……拾楽の飼い猫で美猫《いろおとこ》。

さくら……サバと共に暮らす子猫。

おてる……長屋を仕切る女房。

与六《よろく》……おてるの亭主で大工。

おはま……拾楽にぞっこんの娘。

貫八《かんぱち》……おはまの兄で魚の振り売り。

清吉《せいきち》……行商をしている小間物屋《こまものや》。

おみつ……清吉の恋女房。市松《いちまつ》の母。

涼太《りょうた》……夏は団扇《うちわ》、冬は玩具を売る。もと中村座の役者。

利助《りすけ》……居酒屋「とんぼ」の雇われ料理人。

おきね……利助の妻で夫と共に働く。

蓑吉《みのきち》……気のいい野菜の振り売り。

お智《とも》……饅頭屋《まんじゅうや》「見晴屋《みはるや》」の主《あるじ》で、鯖猫長屋の家主。

長谷川豊山……人気の戯作者《げさくしゃ》。

磯兵衛《いそべえ》……根津門前町に住む老練な差配《さはい》。

掛井十四郎《かけいじゅうしろう》……北町定廻《じょうまわり》同心。通称「成田屋《なりたや》の旦那」。

菊池喜左衛門《きくちきざえもん》……臨時廻同心。通称「二《に》キのご隠居」。

太市《たいち》……「二キのご隠居」の世話をする少年。

平八《へいはち》……掛井が使っている目明し。

お初《はつ》……平八の女房。廻り髪結い。

久松《ひさまつ》……平八の息子。

鯖猫長屋〈見取図〉

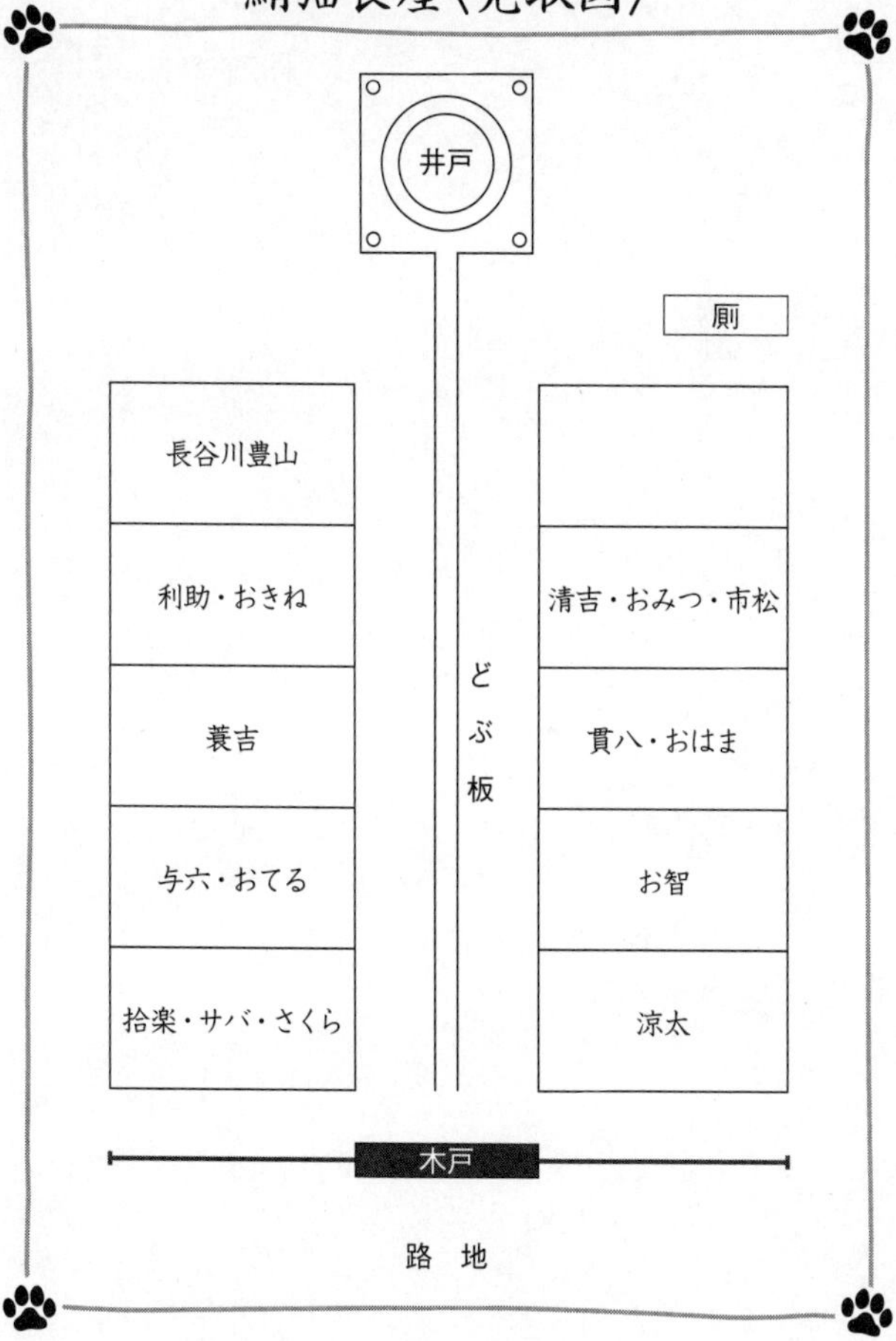

井戸
厠
長谷川豊山
利助・おきね
養吉
与六・おてる
拾楽・サバ・さくら
どぶ板
清吉・おみつ・市松
貫八・おはま
お智
涼太
木戸
路地

鯖猫《さばねこ》長屋ふしぎ草紙（八）

其の一　ぼんくらになった猫

「見晴屋《みはるや》」裏

太市《たいち》は、二《に》キの隠居《いんきょ》と暮らす深川《ふかがわ》の庵《いおり》から、隅田川《すみだがわ》を西へ越え、寛永寺《かんえいじ》仁王門前《におうもんぜん》町《ちょう》へ向かっていた。

町中《まちなか》の桜は、五分《ぶ》咲き程だろうか。

まだ、風は時折冷たさを孕《はら》むけれど、辺《あた》りの景色《けしき》はすっかり春だ。

ひとりでに足取りは軽くなり、心も浮き立つ。

もっとも、太市にとっては、白い雪も、夏の空の青さも、秋に色づく赤い楓《かえで》も、同じように心が弾《はず》む眺《なが》めなのだけれど。

今年は、ご隠居様とどこへ花見に行こうか。「鯖猫長屋《さばねこ》」の皆さんは、どうするのだろう。一緒に花見が出来たらいいなあ。きっと、飛び切り賑《にぎ》やかで楽しいだろうなあ。

そんなことを考えていると、つい、頬《ほお》も緩《ゆる》んでくる。

寛永寺黒門《くろもん》前の広い往来を、東から西へ、軽《かろ》やかに人を避《さ》けながら横切った先が、仁王門前町だ。門前に突き出した寛永寺の緑を避けるようにして回った北の先に出来ている行列を目《ま》の当たりにし、太市は溜息《ためいき》を吐《つ》いた。

太市が訪ねるつもりの饅頭屋《まんじゅうや》「見晴屋《みはるや》」の店先だ。

行列の端《はし》から端まで眺めながら、独《ひと》り言《ごと》を漏《も》らす。

「相変わらず、お智《とも》さんの店は大繁盛《だいはんじょう》だなあ」

「見晴屋」は、安くて旨《うま》いと評判の饅頭屋で、名物は「見晴饅頭」と「蓬長寿饅頭《よもぎちょうじゅまんじゅう》」。とりわけ、「蓬長寿饅頭」は、味の良さは勿論《もちろん》、その名の縁起の良さで大評判となり、去年の蓬の頃にたっぷり採って乾《かわ》かしておいた蓬が底を突き、年明けから品切れが続いていたのだ。

今年、ようやく蓬が芽《め》を出し始め、再び「蓬長寿饅頭」が売り出されたということで、一時落ち着いていた客足が、また伸び始めた。

そして、この店先の行列騒ぎという訳《わけ》だ。

店へ入ろうとする客達を、「見晴屋」の手代《てだい》が、一列に並んで待つようやんわりと促《うなが》している。客ひとりずつに、前もって買う数を確かめ、並んだのに買えないという客が出ないようにし、更《さら》に列をつくってくれた客には、番茶を振舞う。

客は、文句《もんく》を言いながらも、行列に割り込むこともなく手代の求めに応じて、番茶を啜《すす》りながらきちんと列をつくっていた。

去年は行列で待たされた客が騒ぎを起こした、と聞いていたけれど、今年は細《こま》やかだなあ。

太市が、行儀のいい行列を感心しながら眺めていると、勝手口からお智が出て来た。

行列に並ぶ前に、挨拶《あいさつ》をしてこよう。

お智に向かって走り出し、勝手口へ続く路地《ろじ》へ入った時、肩に真っ白な鳥が舞い降りてきて、太市は仰天《ぎょうてん》した。

鳥は大層人懐《ひとなつ》こく、太市の頬を、じゃれるようにつんつん、と突《つつ》いて、「かあ」と鳴いた。

大きさ、鳴き声。鴉《からす》だろうか。

綺麗《きれい》な白い羽、綺麗な紅《あか》い目をしているけれど。

「お前、どこから――」

来たんだい。

そう訊《き》こうとした言葉が、途中で途切れた。

背中から、誰かが太市を捕《とら》えた。胸へ腕を回され、首筋にひんやりしたものが当てられる。

刃物《はもの》だ、とすぐに気づいた。

白い鴉が、かあ、かあ、と騒ぎながら、太市の肩から飛び立っていった。

耳許《みみもと》で、男の声が囁《ささや》いた。

「坊主《ぼうず》。お前《め》えが『白鴉』だな。静かにしろ。大人《おとな》しくしてくれりゃあ、怪我《けが》はさせねぇ」

太市は、忙《いそが》しく視線を巡《めぐ》らせた。

丁度《ちょうど》、細い路地に入り込んだところで、人影は、お智の他にない。男は太市を抱《かか》え、往来に背を向けているから、きっと誰も気づいてくれない。

太市に気づかず、遠ざかりかけていたお智が、忘れものでもしたのか、こちらに振り向いた。

すぐに太市に気づいて、勝気に整った顔に、柔《やわ》らかな笑《え》みが浮かぶ。

「あら、太市《たい》っちゃん」

「お智さ――」

お智の顔が、強張《こわば》った。

太市を捕えている男が、低くお智を脅《おど》した。

「声を出すな。坊主が怪我するぞ」

男が、顎《あご》で「見晴屋」の勝手口を指したのを、太市は目の端で捕えた。

中へ入れろ、ということだろう。

お智は、暫《しばら》く男を睨《にら》んでいたが、やがて短い溜息を吐き、勝手口の木戸《きど》を開けた。

＊＊＊

春の暖かな昼下がり、根津権現《ねづごんげん》近く、宮永町《みやながちょう》の「鯖猫長屋」の井戸端《ばた》で、青井《あおい》亭拾楽《ていしゅうらく》はせっせと小袖《こそで》の洗濯《せんたく》にいそしんでいた。

三十《さんじゅう》歳過ぎの売れない画《え》描《か》きで、上背《うわぜい》はあるが、生白《なましろ》くてひょろりとした、ちょっと見、頼りない男だ。店子《たなこ》仲間からは「猫の先生」と呼ばれている。

二匹の猫と共に暮らしていて、飼い猫ばかり描いているからだ。

頼りない見てくれの通り、雄《おす》の縞三毛《しまみけ》、サバには子分のように顎で使われ、雌《めす》の縞三毛でお転婆盛《てんばざか》り、サバの妹分さくらの悪戯《いたずら》に振り回される日々を送っているが、それはそれで楽しいらしい。

今も口では、

「やれやれ。さくらのお転婆にも困ったもんだ」

と、ぼやいた口許が、微《かす》かに緩《か》んでいる。

四畳半の狭い部屋を容赦《ようしゃ》なく駆け回ったさくらが、絵具《えのぐ》の皿をひっくり返し、描き掛けの画を庇《かば》った代わりに、拾楽自身が絵具を浴びる羽目《はめ》になったのだ。

こりゃ、濃い色に染《そ》め直して貰《もら》った方が早いかな。

朱《しゅ》のまだらに染まった、銀鼠《ぎんねず》色の小袖を眺めながら考えていた拾楽は、人の気配《けはい》に入り口の木戸へ目をやった。

近くへ買い物に出ていたおてるが戻ってきたのだ。

「お帰りなさい、おてるさん」

立ち上がって、店子仲間のおてるへ声を掛ける。

おてるは、拾楽の隣《となり》部屋で、大工《だいく》の亭主、与六《よろく》と二人暮らしだ。剛毅《ごうき》な女で、忙しい差配《さはい》の磯兵衛《いそべえ》に代わって、この長屋を纏《まと》めている。

午《ひる》も過ぎた折、井戸端で、たすき掛けをして洗濯をしている拾楽を見て、おてるは目を瞠《みは》った。手にしていた風呂敷《ふろしき》包みを部屋へ置くと、拾楽がいる井戸の方へ近づきながら訊《たず》ねた。

った。

「どうしたんだい、猫の先生」

綺麗に落ちそうにない朱色の染《し》みに見切りをつけ、小袖を置いて拾楽は立ち上がった。

「さくらに、やられました」

おてるが、笑った。おてるは、さくらを大層可愛《かわい》がっている。さくらが障子《しょうじ》を破っても、畳《たたみ》で爪《つめ》を研《と》いでも、叱《しか》ったことがない。

「ああ、さくらがやったんなら、仕方ないね。いいよ、あたしが洗っといてあげるから、先生は仕事にお戻りな」

「そいつは、すみません」

拾楽は、有難《ありがた》くおてるに頼むことにした。遠慮して断《ことわ》る方が、おてるはかえってへそを曲げる。

拾楽が匙《さじ》を投げた小袖を、おてるは早速《さっそく》取り上げ、絵具の染みを確かめている。

その顔つきが、何やら気になって、拾楽は訊いた。

「『見晴屋』さんで、何かありましたか。饅頭はたっぷり買えたようですが、お智さんはどうしました」

ちらりと、おてるが拾楽を見た。

界隈《かいわい》で人気の饅頭屋「見晴屋」の女将《おかみ》は、お智と言って、「鯖猫長屋」の家主《やぬし》だ。かつてはここの店子だったこともあって、長屋の連中とは気の置けない付き合いをしている。

おてるにとっては、「お節介《せっかい》焼き」の弟子《でし》のようなものなのだ。

今日は午過ぎ、八《や》つあたりから毎年お決まりになっている「長屋の花見」で、お智も誘ってある。

おてるは忙しいお智を連れ出しがてら、「見晴屋」で大人気の「蓬長寿饅頭」を花見の為に買い込みに行った。手にしていた包みが饅頭だろう。随分《ずいぶん》大きな包みだった。

長屋を出る時は、確かにいつもと変わらないおてるだったのだが。

「うん。大したこっちゃないんだけどね。ちょいとお智さんの様子が、さ」

歯切れの悪い物言《ものい》いも、おてるらしくない。

「お智さんの様子が」

繰り返したところで、拾楽の部屋の腰高《こしだか》障子が開いて、サバが、続いてサバの妹分のさくらが出てきた。

サバは、珍《めずら》しい雄の縞三毛だ。小柄《こがら》だが、背の美しい鯖縞柄《がら》が目を惹《ひ》くとび切りの美猫《いろおとこ》で、喧嘩《けんか》にもめっぽう強く、猫どころか、なまじっかな犬では歯が立たない。

少し変わった猫で、この長屋で一番、おてるよりも差配よりも、家主よりも偉《えら》い威張《いば》りん坊《ぼう》だ。店子からは「大将」と呼ばれている。器用で頭もよく、腰高障子くらいなら自分で、ひょいと開ける。

さくらもサバとよく似た縞三毛だ。その天真爛漫《てんしんらんまん》さで、おてるを始めとした店子仲間から可愛がられている。

サバが、おてるの足許に寄ってきて、にゃーお、と鳴いた。

出迎え、というだけでもなさそうだ。

おてるが、眦《まなじり》を下げて、脹脛《ふくらはぎ》に額《ひたい》を擦《こす》りつけているさくらを抱き上げた。

「大将も、さくらも、お智さんが心配かい」

「おてるさん」

どうしたのか、という意味を込めて、拾楽はおてるを呼んだ。

うん、とおてるはひとつ頷《うなず》いて、切り出した。

「お智さん、今日の花見、急に来られなくなったって。店、閉めるんだってさ」

「何ですって」

訊き返した拾楽に、おてるは苦笑《にがわら》いで首を振った。

「違う、違う。ちょっとの間、ってだけだよ。急に、藤沢《ふじさわ》に帰ることになったからって」

「ああ、吃驚《びっくり》した」

拾楽は、軽く息を吐《は》いた。

お智の郷里《さと》は、藤沢で旅籠《はたご》と共に饅頭屋をやっている。饅頭の江戸の出店《でみせ》をお智が任《まか》されているのだが、大層活《い》き活きとして楽しそうに切り盛りしていたのだ。

おてるが気遣《きづか》わし気《げ》に、呟《つぶや》いた。

「藤沢のお身内で、何かあったのかねぇ。ちょっと、顔色が悪かったから気になってさ」

「お智さんは、何て言ってるんです」

「大したこっちゃない、久しぶりに弟さんの顔を見に帰るだけって、言ってたよ。花見には行けないけど、猫の先生によろしくって」

ううん、と拾楽は唸《うな》った。

「それにしちゃ、随分と急ですし、店を閉めるなんて大事《おおごと》だ」

おてるが大きく頷いた。

「先生も、そう思うかい。あたしもちょっと妙に思ったたし、訊いてみたんだ。職人や奉公人はどうするんだいって」

　お智は、笑って言ったそうだ。

　――出店の支度《したく》から今日まで、みんなずっと働き詰めだったたから、少しまとまった休みをとってゆっくりしてもらおうと思って。

「藪入《やぶい》りでもないのに、ですか」

　藪入りは正月と盆、商家に住み込んでいる奉公人が貰える休みのことだ。

　おてるが、言う。

「元々、『見晴屋』は藪入りは関《かか》わりないけどね。年柄《ねんがら》年中、主《あるじ》と奉公人がひとつ屋根の下じゃあ、互いに気が休まらないだろうって、職人も奉公人も通いだから。余計、妙な感じがしてさ。休みにゃ融通《ゆうずう》が利《き》く店なのに、何でこの書き入れ時を選んだのかって」

　にゃおうん。

　サバが、低く鳴いた。拾楽を見る榛色《はしばみいろ》の綺麗な目が、きらりと物騒《ぶっそう》に光った。

　――嘘《うそ》だな。

　そう言っているようだ。

おてるが、また歯切れ悪く言った。

「なんだか、お智さんらしくなくてねぇ。笑いも引き攣《つ》ってるし、詳《くわ》しく話したくなさそうだったし。あの饅頭だって、今日売るはずだった分が余ってるからって、たんとくれたんだよ。妙な様子に、かえって詳しく訊いちゃいけない気がしてさ」

拾楽は、少し笑っておてるをからかった。

「おてるさんこそ、そこで引いて来るなんて、らしくないじゃあありませんか」

おてるが、顔を顰《しか》めた。

「うるさいね。あたしだって、気を遣《つか》う時は遣うんだよ」

あはは、と笑いながら、拾楽は考えていた。

おてるは、なんでもかんでも、首を突っ込むようなお節介の焼き方はしない。口を出していいのか、一歩引いて見守るのがいいのか、知らぬ振りを通すのがいいか。

その辺りの匙加減《かげん》を、しっかり見定める女だ。

そのおてるが、「訊いちゃいけない気がした」と言うのなら、お智の「里帰り」には何か事情がありそうだ。

「あたしが、様子を見て来ましょう」

おてるが、にやりと笑った。

「猫の先生も、ようやく腹を括《くく》って『お節介』の仲間入りをする気になったみたいだね。もっとも、元から文句を言いながら、皆の面倒《めんどう》を見てくれてたけど」

拾楽は、ひょい、と肩をすくめておどけて見せた。

「どうせ、おてるさんに叱られて首を突っ込む羽目になるんですから、最初《はな》から動いた方が、面倒がないってだけですよ」

おてるが、ふん、と鼻を鳴らした。

「まったく、素直じゃないんだから。いいから、早くお行き」

しっ、しっ、と手を振られ、拾楽は苦笑いで頷いた。

「はい、はい。では行ってきます」

踵《きびす》を返した拾楽の背に、おてるの妙に心配そうな声が掛けられた。

「頼んだよ、先生」


仁王門前町の「見晴屋」は、不忍池《しのばずのいけ》を挟《はさ》んで、「鯖猫長屋」の東南にある。ほんの目と鼻の先だ。

サバは、当たり前の顔をして拾楽について来た。

サバはおかしな猫で、幽霊《ゆうれい》、お化《ば》けに妖《あやかし》、人には見えない何かが視《み》えているらしい。

猫にはよくある話で、現にさくらも、サバと同じものを視ているような素振《そぶ》りを見せることがある。ただサバは、視えているだけではなく、「そういうもの」を叱ったり、追い払ったり、時には助けたりするのだ。

だから、どうしてか「幽霊、お化け騒ぎ」が起きやすい「鯖猫長屋」の店子達は、サバを大層頼りにしている。

ちょっとした家鳴《やな》りくらいなら、サバがいるだけですぐに収まるからだ。

ただ、サバは筋金《すじがね》入りの気まぐれで、どんなに店子が騒いで頼んでも、知らぬ振りを決め込んだりもする。どうやら、サバなりの物差《ものさ》しがあるらしいが、首を突っ込むか突っ込まぬかの境目《さかいめ》が、はっきりしない。

だから、サバが「見晴屋」へついて来るのは、気になる何かがあるからなのか、ただ、気が向いただけなのか、飼い主――子分とも言う――の拾楽には分からなかった。

そして余程《よほど》寒くない限りは、もれなくさくらもサバを追って来る。

――散歩、散歩ー。

さくらは、そんな風に上機嫌《じょうきげん》に、長く真《ま》っ直《す》ぐな尻尾《しっぽ》をぴんと立て、拾楽とサバの少し前を歩いている。

拾楽は、楽し気にずんずん進むさくらの後ろ姿を見て、苦笑を零《こぼ》した。

「ねえ、サバや。あの子は、行き先を分かってるのかねぇ」

みゃ。

サバが小さく鳴いた。

——余計な心配をするな。

恐らく、そんなところだろう。

「まあ、ね。お前はきっと、とうに承知だから、さくらにも伝わってるってことなんだろうね」

つくづく、おかしな猫だ。

呆《あき》れてはいるものの、その実、拾楽も、サバの行動には絶対の信を置いている。

おかしいのは、サバではなく自分なのかもしれないな。

そう思ってまた少し笑う。

「春の陽気に誘われ、飼い猫と近くをそぞろ歩き」の呑気《のんき》な気分は、「見晴屋」の前まで来て、綺麗に吹き飛んだ。

おてるが「見晴屋」を訪ねてから、まだ時は経《た》っていない。
なのに、「見晴屋」は表口の戸がぴたりと立てられ、重く静まり返っていた。饅頭を買いに来た客が、閉められた木戸を戸惑いながら見つめたり、ひとしきり文句を言ったりしては、「見晴屋」から離れていく。

年明けから品切れが続いていた「蓬長寿饅頭」をようやく売り出すことになり、おてるが言った通り、今がまさに書き入れ時のはずだ。

商売上手で、「見晴屋」の饅頭を喜んで貰えるのが嬉《うれ》しいと言っていたお智らしからぬやり様《よう》で、何かあったのかとおてるが案じるのも、もっともだ。

藤沢に帰るのなら、留守《るす》の間、番頭《ばんとう》に店を任せればいい。物静かだが手堅《てがた》い男で、お智も頼りにしている様子だった。

何より、この重苦しく張り詰めた気配は、只事《ただごと》ではない。

首の後ろが、ちりちりとざわついている。

こういう虫の報《しら》せを見過ごすと、ろくなことにならない。拾楽は随分昔から身に染みて分かっていた。

「見晴屋」を訪ねる客が途切れたところを見計《みはか》らって、饅頭を買いに来た客を装《よそお》い、ぴたりと閉められている表戸へ近づいた。

人の気配が、する。

間違いない。中に誰かいる。

お智か。いや、気配が遠くて分からない。

「もし、『見晴屋』さん。今日はもう店仕舞《じま》いですか」

試《ため》しに声を掛けてみたが、中から返事はない。

こうなると、人の気配が俄然《がぜん》気になってくる。息を詰めて、こちらをやり過ごそうとしているようだ。

お智さんには悪いが、裏へ回り、ちょいと忍び込んで様子を確かめるか。

一人働きの盗人《ぬすっと》「黒ひょっとこ」だった頃身につけたあれこれは、堅気《かたぎ》として暮らすようになってからも、何かと役に立つ。

軽く考えた刹那《せつな》、誰かに、背中から冷や水を浴びせられた心地《ここち》になった。

拾楽は、一度目を閉じ、気を研ぎ澄まし、「黒ひょっとこ」に戻ったつもりで思案を巡らせた。

目が覚《さ》めたような気分だった。

危《あや》うく、「なまくら元盗人」に成り下がるところだった。

中がどうなっているのか見当もつかない、どこもかしこも明るい昼日中《ひるひなか》、一体自分は何をしようとしていたのか。

うかつな自《みずか》らを罵《ののし》った時、サバが空を見上げた。

榛色の瞳《ひとみ》が厳しさを纏っている。

「どうした」

サバは、拾楽には答えず、さくらをちらりと見てから、軽やかに駆け出した。

「見晴屋」の前から離れ、往来を挟んだ先、寛永寺の敷地を目指しているようだ。

さくらもすぐに後を追ったのは、サバが、

――来い。

と目で呼んだのだろう。

二匹が、鬱蒼《うっそう》とした茂《しげ》みの中へ入り、姿が見えなくなって間もなく、頭の上で羽《は》音《おと》がして、拾楽は空を見上げた。

真っ白な鴉が「見晴屋」の隣、紙問屋《かみどんや》「彦成屋《ひこなりや》」の瓦《かわら》屋根の上に舞い降りた。

往来を行く人々が、立ち止まって声を上げる。

「おや、見たことのない鳥だね」

「ありゃ、鴉だ」

「白い鴉なんて、いるのかい」

見知らぬ者同士で言い合いながら、白い鴉を見上げている。
拾楽は、サバとさくらが消えていった辺りの茂みを見た。
ひょっとして、サバはあの白い鴉を避けたのだろうか。
「あ、飛んだ」
見物人の声と鳥の羽音に、拾楽は視線を「彦成屋」の屋根へ戻した。
白い鴉がのびやかに羽を広げ、「彦成屋」の上辺りで輪を描くように飛んでいる。
やがて鴉は、「見晴屋」の庭へ降り、外からは見えなくなった。
ほどなくして、サバとさくらが戻ってきた。
サバが、拾楽の傍《かたわ》らで、ぶるぶる、と身体《からだ》を振った。
「珍しいね。お前が、鴉を怖《こわ》がるなんて」
からかった拾楽を、サバがじろりと見上げた。
榛色の瞳が、ほんの微か、青みがかっている。妖、お化けの類《たぐい》の兆《きざ》しがある証《あかし》だ。
さっきの鴉だろうか。「見晴屋」へ消えたのも気がかりだ。
拾楽が、「見晴屋」へ視線を戻すと、うう、とサバが唸った。
——帰るぞ。

という風に、目で拾楽を急《せ》かす。団子《だんご》の尾も、不機嫌そうに忙《せわ》しなく揺れている。

こういう時のサバの言いつけは、聞いた方がいい。

拾楽はもう一度、「見晴屋」を見遣《みや》ってから、遠ざかっていくサバとさくらの後を追った。

拾楽は、「見晴屋」の番頭の住まいへ向かった。下谷《したや》の長屋住まいだとは聞いていたので、道々訊ねながらのことだ。

サバとさくらは、仁王門前町を出てすぐ拾楽と別れ、不忍池に沿って西へ折れたので、長屋へ戻るつもりなのだろう。

「見晴屋」の番頭は、庭付きのなかなか上等な長屋に、女房《にょうぼう》と二人で住んでいた。五十絡《がら》みの小柄な男で、娘は嫁に行って随分経つそうだ。

拾楽と番頭の由兵衛《よしべえ》は顔見知りで、夫婦は、こちらが申し訳なくなるほど歓待《かんたい》してくれた。茶受けに出てきたのが「見晴屋」の「蓬長寿饅頭」だ。

「『鯖猫長屋』の皆さんへも、土産《みやげ》にお持ちになりませんか」

人のいい笑みを浮かべ、そう勧《すす》めた由兵衛に、拾楽は言った。

「大切な商売物でしょうに」

由兵衛が、困ったように笑った。

「ええ、本当は今日売るはずだったものです。女将さんが、奉公人達で持って帰るように、と」

「すると、お智さんの郷里《さと》帰りと店仕舞いは、急に決まったことなんですか」

はい、と頷いた由兵衛の面《おもて》が、気遣わし気に曇《くも》る。

「ご自分だけ店を休むのも申し訳ないから、奉公人も職人も、ご自分が留守の間は皆休みなさい、休んだ分を給金から引くような真似《まね》はしないから、安心するようにともおっしゃって」

拾楽は、さり気なさを装って訊ねた。

「外を回っていたり、例《たと》えば風邪《かぜ》で休んでいる方々へは、知らせを出したのですか」

「いいえ、あの時は皆店に揃《そろ》っていましたので」

「ほう、それじゃあ、皆さん揃って店を出られた」

「ええ。片付けやら何やら、お手伝いをと申し上げたのですが、全《すべ》て自分でやって、藤沢へ立つから、と」

由兵衛の女房が、拾楽に蕪《かぶ》と人参《にんじん》の糠漬《ぬかづ》けを身振りで勧めながら、そっと口を挟んだ。

「給金は、女将さんらしいお気遣いで、有難いですけどねぇ。急に休めって言われても、うちのひとはこの通り、暇《ひま》を持て余しちまって」

由兵衛が女房をやんわりと窘《たしな》めた。

「何か、よんどころない理由《わけ》があったんだよ。折角《せっかく》また『蓬長寿饅頭』が売れるようになったばかりだってのに、あの女将さんが店を閉めるなんて、よっぽどだ。今日の花見だって、昨日までそりゃあ楽しみにしてらした。少し店を抜けるけど、よろしく頼むって」

「まさか、藤沢の本店《もとみせ》が傾《かたむ》いたって訳じゃあ――」

「おい、縁起《えんぎ》でもないことを言うな」

拾楽は、「あの」と、番頭夫婦の遣《や》り取《と》りに割って入った。

「詳しい話を、番頭さんはお智さんから聞いておいでじゃあないんですか」

由兵衛が、首を横へ振った。

「急に、弟さんの顔が見たくなったって、おっしゃいましてね。勝手に『蓬長寿饅頭』を売り出してしまったから、そのことも報せておかなきゃいけない、とも」

去年から売っていた「蓬長寿饅頭」の報せを今頃、か。

拾楽は、更に訊ねた。

「いつ戻っておいでかは」

「いえ、全《まった》く。ともかく、江戸へ戻ってきたら皆に知らせるから、それまでゆっくりしてくれの一点張りでねぇ」

「このところのお智さんの様子に、何か変わったことはありませんでしたか」

「いつもの通り、てきぱき楽しそうに商《あきな》いをされておいでしたよ。今日だって、『蓬長寿饅頭』の出来栄《できば》えや売れ行きを気にされてましたし。味が落ちちゃあいけない、お客さんをお待たせしちゃあいけないってね」

「それが、急に藤沢へ帰る、となった訳だ。切っ掛けのようなものはありましたか」

ううん、と番頭が考え込んでから、ああ、と掌《てのひら》を拳《こぶし》で叩《たた》いた。

「そういえば、『鯖猫長屋《そちらさん》』へ伺《うかが》うと仰《おっしゃ》って、出て行かれたんですが、すぐに戻っていらっしゃいましてねぇ。お忘れ物ですか、とお声を掛けましたら、いきなり店仕舞いの話に。笑ってはいらっしゃいましたが、大層硬《かた》い顔をしておいでなのも、気になった」

「出かけてすぐ、とは、どれくらいですか」

「本当にすぐ、です。勝手口を出てすぐに引き返したくらい」

考え込んだ拾楽に、「あの」と由兵衛が心配そうに声を掛けてきた。

「女将さんに、よくないことでも起きたのでしょうか」

拾楽は、笑って首を横へ振り、番頭を宥《なだ》めた。心配になって店を見に行かれたら、厄介《やっかい》だ。

「ああ、いえいえ。そういうことでは。長屋の皆も、お智さんが花見に来てくれるのを楽しみにしていましたので、ちょっと様子を聞いてきてくれと頼まれましてね。お智さんは、生真面目《きまじめ》で少しばかり気短《きみじか》なところのあるお人だ。ふいに思い立ってしまったのでしょう。例えば、本店《もとみせ》の弟さんに『蓬長寿饅頭』のことを話していなかったことを思い出して、居ても立ってもいられなくなった、とか」

番頭は、拾楽の軽口《かるくち》に、困ったような笑いを浮かべた。少しほっとした風で頷く。

「ああ、確かに、そうかもしれませんね」

由兵衛の女房が、しみじみと言った。

「ふいに、疲れが出ちまったのかもしれないねぇ。それで弟さんに会いたくなった。無理もないですよ、ずっと働き詰めでいらしたんだもの」

うん、うん、と由兵衛が頷く。

「女将さんは、奉公人よりも働くお人だから」

拾楽は笑って礼を言い、由兵衛の住まいを後にした。

やはり、お智に何かあったのだと、拾楽は見当を付けた。恐らく、「鯖猫長屋」へ出かけようとしてすぐ。

そうなると、やはり「見晴屋」の中で感じた人の気配が気になった。

サバは「見晴屋」から離れようとしたが、やはり一度、店の中を確かめた方がいいだろう。

とはいえ、陽《ひ》の高いうちから表店《おもてだな》に忍び込むのは、何かと拙《まず》い。人目《ひとめ》につくこともあるし、中がどうなってるか、お智がいるのかどうかも分からない。

夜の闇《やみ》に紛《まぎ》れた方が、間違いがない。

そこで拾楽は、一旦《いったん》「鯖猫長屋」へ戻ることにした。

四畳半の真ん中では、サバとさくらが丸まっていて、さくらはすやすやと眠ったままだが、サバはすぐに顔を上げた。

先刻《せんこく》の瞳の青は既《すで》にすっかり抜けていて、いつもの綺麗な榛色が拾楽を見つめた。

部屋へ上がり、サバの頭を軽く撫《な》でると、腰高障子が開いておてるが入ってきた。

「『見晴屋』さん、どうだった」

土間《どま》から上がり框《かまち》に腰を下ろすと、すぐに訊ねる。

拾楽は少し笑って見せた。下手《へた》に、何かあったのかもしれないと告げ、揃って「見晴屋」へ様子を見に行く騒ぎになっては拙い。

「番頭さんの話では、急に思い立って藤沢へ帰ることになったようですよ。裏へ回って声を掛けてもみたんですが、返事はありませんでした。多分、もう江戸を立ったんでしょう」

「随分急な話じゃないか。花見だって、約束してたのに。本当はお身内が大変なんじゃあないのかい」

「だとしたら、お智さんのことです、きっと戻ってから話してくれますよ」

おてるは少し苛立《いらだ》たし気に拾楽を見たが、サバに挨拶され、目を覚ましたさくらに、

――あそんで、あそんでー。

と、じゃれつかれ、顔つきを柔らかくした。

「それもそうだね。藤沢じゃあ、何の手助けもできないし」

夜が更《ふ》けた頃、「見晴屋」の様子は確かめて来ますから。

口には出さず、おてるを宥める。

おてるは、気持ちを切り替えるように小さく息を吐き、告げた。

「じゃ、そろそろ花見の支度に行ってくるよ。ああ、小袖の染みは落ちたからね。井戸端に干してあるよ」

「おや、あの染みが落ちましたか。それは、ありがとうございます」

「先生も、一休みしたら花見の支度、手伝っとくれ」

「分かりました」

「おや、さくらも一緒に来るかい。もう寒くなくなったもんね」

と、しつこくじゃれているさくらを抱き上げ、おてるは部屋を出て行った。

ふと、視線を感じて拾楽はサバを見た。不機嫌な目がこちらを見ていた。団子の尾は、小さく、ゆっくりと揺れている。

――止《や》めておけ。

言われた気がして、拾楽は苦笑いを零した。

「花見は行かない訳にいかないだろう。おてるさんから大目玉だ」

榛色の瞳が、きらりと光った。

――お前。馬鹿《ばか》なのか。

そんな風に。

「怖い、怖い。頼むから噛《か》みつかないでおくれ」

サバは、じっと拾楽を見つめてから、ふい、と目を逸《そ》らした。丸くなって目を閉じる。

――勝手にしろ。

そんな合図だ。

拾楽は、溜息を吐いた。

心中で呟く。

だってねぇ、サバや。お前がこんな風に止めるんなら、いよいよ何かあったってことだろう。お智さんを放って置くわけには、いかないじゃないか。

サバの返事は、なかった。

「鯖猫長屋」の花見は、贅沢《ぜいたく》だ。

やり手差配、磯兵衛の伝手《つて》で、根津権現近くの庵を借りるのだ。庵に桜はないが、向かいの小屋敷《こやしき》に、見事な桜の大木がある。それを垣根《かきね》と小屋敷の白壁《しらかべ》越しに眺める。

町中と同じ、五分咲きほどだろうか。薄紅《うすべに》の花と、少し濃い色の蕾《つぼみ》が、垣根越しの白壁によく映《は》えている。

庵は「鯖猫長屋」の皆しかいないから、場所取りも周《まわ》りへの気兼《きが》ねもない。店子には野菜の振り売り、蓑吉《みのきち》もいれば、魚屋の貫八《かんぱち》もいる。その他、店子達が持ち寄った材料で料理人の利助《りすけ》が、大張り切りで包丁《ほうちょう》を振るう。

利助は、湯島天神《ゆしまてんじん》門前の居酒屋「とんぼ」で、女房のおきねと共に働いている。いつかは二人で店を持ち、木挽町《こびきちょう》の料理屋で料理人の見習いをしている上の息子、一助《いちすけ》を呼び戻したいと思っているようだ。

今年は、小ぶりだが身の締《し》まった鯛《たい》をとっておいたと、貫八が胸を張った。鯛の側《そば》から離れないさくらの姿に、皆が笑った。

鯛の身は蒸して、柚子味噌《ゆずみそ》を添える。あらはたっぷりの葱《ねぎ》と生姜《しょうが》で、吸い物になった。生臭《なまぐさ》が苦手《にがて》な拾楽には、焼き麩《ふ》の味噌汁。

そのほか、大根と里芋《さといも》の煮物、豆腐《とうふ》とこんにゃくの味噌田楽《でんがく》、筍《たけのこ》と若布《わかめ》の酢の物やら何やら、相変わらず豪勢《ごうせい》だ。

酒もたっぷり持ち込まれた。菓子は勿論、「蓬長寿饅頭」だ。

店子達は皆、静かな正月よりもこの花見を毎年楽しみにしていて、行商で幾日も出かけることが多い清吉《せいきち》も、花見だけは都合を合わせ、女房のおみつ、幼い息子の市松《いちまつ》と共に加わる。

長屋の花見は初めての玩具《おもちゃ》売りの涼太《りょうた》と、戯作者《げさくしゃ》長谷川《はせがわ》豊山《ほうざん》に、磯兵衛も加わり、家主のお智の姿だけがなかった。

障子を開け放った部屋で、火鉢《ひばち》に当たっているのはおみつと市松、磯兵衛。

利助と女房のおきねは、こんな時でも一休みする様子もなく、勝手と店子達の間を忙しく行き来している。根っからの料理好き、客あしらい好きなのだろう。

貫八の妹のおはまは、縁側。他の男達は、庭で思い思いの場所に落ち着いている。拾楽は、庭が見渡せる、隅《すみ》の岩に腰かけていた。

「お智さんも来たらよかったのになあ」

貫八が残念そうに言った。

「仕方ねぇだろう。里帰りは大事だ」

喋《しゃべ》りながら利助は、七輪《しちりん》で目刺《めざ》しを炙《あぶ》っている。香《こう》ばしい匂《にお》いが、辺りに漂《ただよ》った。

猫好きの涼太からたっぷり鯛を貰ったさくらは、今度は利助の傍らに姿勢よく座り、目刺しをじっと見つめている。

サバは日差しが当たる縁側、おはまの傍らで寛《くつろ》いでいる。

「大将も、目刺し貰う」

にゃあ。

この威張りん坊が可愛らしい返事をするのは、女子《おなご》に対してだけだ。

サバは、女子には甘い。それが、剛毅なおてるでも、妹分のさくらでも。

おはまが冷ましてくれた目刺しを、上機嫌で食べていたサバが、ふいにくるりと丸くなった。

「どうしたの、大将。もういらないの」

戸惑ったように、おはまが訊いた。

サバは、顔を上げずに喉《のど》を鳴らしている。

その鳴らし方が、どこか妙なことに、拾楽は気づいた。

只《ただ》の猫を通り越して、ぼんくらな猫のようだ。

おてるが、ふと空を見上げた。

「おや。あの白い鳥、なんだろうね」

ぎくりとした。

おてるの視線の先、暮れかけた茜色《あかねいろ》の空に、真っ白い鴉が、弧《こ》を描いて舞っている。

まさか、さっき「見晴屋」で見た、鴉か。

拾楽に「そうだ」と答えるように、白い鴉は、庵の庭、藤棚《ふじだな》の上に舞い降りた。

藤棚の下にいた豊山が、首を伸ばし、一心に鴉を見物している。

お化け、妖が山ほど出て来る物語を書く戯作者の心が、騒いだのかもしれない。

かあ。かーあ。

澄んだ声だ。

「かあ、ってことは、鴉だな」

磯兵衛が言った。

おてるが続く。

「白い鴉なんて、いるんだねぇ」

幼い息子の市松を抱いたおみつが、庵の部屋の中から藤棚を見遣り、不安そうに呟いた。

「紅い目をしているのね。なんだか気味が悪い」

市松は、白い鴉が物珍しいのか、しきりに手を伸ばしている。

おきねが、亭主が焼いた目刺しを皿にとって磯兵衛に渡しながら、言った。

「白い鳥や獣《けもの》は、神様のお使いだって、聞いたことがあるけど。ねぇ、豊《とよ》さん」

豊山が、もっともらしく頷いた。

「昔、帝《みかど》がご即位された日に現れたと言いますから、瑞兆《ずいちょう》と見ることが多いですね」

貫八が言った。

「けど、鴉は、あんまり縁起が良くねぇ」

からりと笑ったのが、おてるの亭主、与六だ。

「縁起がいいんだか、悪《わり》ぃんだか、分からねぇな」

おてるが、亭主に続いた。

「きっと、どっちでもないのさ。ただの珍しい鴉だよ。だってほら、大将が知らぬ振りしてる」

皆が、おはまの膝《ひざ》の上のサバを見た。

サバは、「人の言葉は分かりません」という風に、丸くなって眠っている。

ああ、本当だ、と、皆が頷いた。

かーあ、と、また白い鴉が鳴いた。

頭を、あちこちに巡らせているのは、まるで人が庵の中を眺めているようだ。

おみつさんの言う通り、確かに気味が悪いな。

拾楽が庭の隅から藤棚の白い鴉を見ていると、おはまが側へやって来た。

おはまは、拾楽を慕《した》ってくれている。拾楽は初め、堅気ではなかった我が身のこともあり、自分の心に蓋《ふた》をして、「我関せず」を貫《つらぬ》いていた。

その蓋が開き、おはまへの想《おも》いを自ら悟《さと》ったのは、つい先日のことだ。

横長の岩の真ん中に座っていた拾楽が、少し横へずれると、おはまが少し間合いを取った傍らに、浅く腰掛ける。

なんだかそれだけで、妙に照れ臭く感じてしまう拾楽であった。

おはまは、拾楽に「片想い」をしていると思い込んでいるふしがある。まあ、拾楽が自分の胸の裡《うち》をはっきり伝えていないのが、いけないのだが。

だから、おはまは「店子仲間」として、変わらず拾楽に接してくる。

それでも、こんな刹那には、何か温かい気配が伝わってくる気がするのだ。

おはまの髪から、ほんのりと甘さを含んだ鬢付《びんつけ》油の匂いが、ふわりと香《かお》った。

ああ、幸せだ。

拾楽は、何のてらいもなく、思った。

そうして気を引き締め直す。

このひと時、この暮らしを手放したくないのなら、自分がやることは決まっている。

「先生、何かあった」

拾楽は、物思いから我に返った。

おはまは、敏《さと》い。いくつもの大店《おおだな》から通い奉公を頼まれるくらいだから、人をよく見ている。人の胸の裡に細やかに気づく。

拾楽は、今考えていたことが表に出ていたのでは、おはまに悟られたのでは、と内心で焦《あせ》った。

「何かって、なんです」

取り繕《つくろ》って訊ねると、おはまが拾楽の目をじっと覗《のぞ》き込んだ。

「心配事があるみたい」

拾楽が心配していた向きとは違うが、やはりおはまは鋭《するど》かった。

「それに、大将もちょっと変なの。ついさっきまでは、普段通りだったんだけど」

おはまが続けた時、慌《あわ》ただしい足音が庵へ入ってきた。

「おや、成田屋《なりたや》の旦那《だんな》」

おてるが、北町定廻同心《きたまちじょうまわりどうしん》、掛井十四郎《かけいじゅうしろう》を迎えた。

成田屋の二つ名の通り、肩で風を切った派手《はで》な歩き様は変わらない。

「おう、やってるな。次は俺《おれ》も誘ってくれよ」

そう長屋の連中に声を掛けた陽気で軽い様子も、いつもの掛井だ。

だが、ここへ近づいて来る時の乱れた足取り、さっと庵を見回した厳しい視線が、掛井らしくない。

掛井は普段通りの気さくな口ぶりのまま、おてるへ告げた。

「悪《わり》ぃが、猫屋をちょっと借りるぜ」

おてるが、ひらひらと手を振った。

「どうぞ、どうぞ、ごゆっくり。猫の先生は、酒もだめ、生臭もだめですからね。花見にはもう、いてもいなくても、構いませんよ」

「ひどいなあ。おてるさん」

拾楽はへらりと笑いながら、ぼやいた。

掛井に、顎で「来い」と促され、拾楽は、気遣わしそうにこちらを見ているおはまに小さく頷きかけ、掛井について庵を出た。

往来を横切り、武家屋敷の白壁へ寄ったところで掛井が拾楽へ振り向いた。掛井の頭の上で、まだ花見には少し早い桜が、風に揺れている。

掛井が、眉間《みけん》に皺《しわ》を寄せて不平を言った。

「探したじゃねぇか、馬鹿野郎《やろう》」

「どうしたんです」

「誰も、桜が五分咲きの頃に集まって花見しようなんざ、思わねぇだろ」

「旦那」

「いくら気短《きみじか》の江戸者だって言ったたって、短か過ぎだ」

「掛井様」

拾楽は、まったく遣り取りが嚙み合わない掛井を、強い口調で呼んだ。

掛井が、はっとして拾楽を見、軽く俯《うつむ》いた。首の後ろをがりがりと掻《か》き、ぽつりと呟く。

「悪《わり》ぃ」

拾楽は、小さく息を吐いた。

「いいえ。いらした時から、成田屋の旦那らしくなかった。何か起きたんだってくらいは、見当がつきます」

掛井が、拾楽に倣《なら》うようにゆっくりと息を吐いてから、訊いた。

「念のために訊くが。太市を見かけちゃあ、いねぇよな」

拾楽は、掛井を見た。厳しい目の中に、焦りの色が見える。

低く、確かめる。

「太市坊、いなくなったんですか」

また、掛井が首の後ろを乱暴に掻いた。

「二キのご隠居の使いで『見晴屋』へ饅頭を買いに行ったまま、戻ってこねぇ」

「見晴屋」だって。

拾楽は、唇《くちびる》を嚙んだ。

掛井が、じろりと拾楽を見た。

「まだ日暮れ前だってぇのに大袈裟《おおげさ》だ、なんて言うんじゃねぇぞ」

太市は、二キの隠居の使いをすること、世話をすることが、楽しくてならない子だ。

その使いの途中で寄り道なぞ、決してしない。

刻限《こくげん》になっても戻ってこないなら、何かあったのだ。

「言いやしませんよ」

拾楽は、掛井に応じた。

「お智さんの行方《ゆくえ》も知れませんから」

掛井が、目を見開いた。

「なんだって」

獣のように唸り、拾楽の胸倉《むなぐら》を摑《つか》む。

「それで、お前《め》えは呑気に花見か」

拾楽は、黙って掛井を見返した。互いの吐息が顔に掛かるほど、近い。

ふいに、掛井が拾楽から手を離した。

「悪ぃ」

また、掛井が詫《わ》びた。

「ご隠居の焦りが、伝染《うつ》っちまったみてぇだ。俺達夫婦にとっても、まあ、太市は息子みてぇなもんだしな」

掛井の妻、春乃《はるの》は身体が弱い。昨年の秋、太市が掛井の屋敷で暫く過ごすことがあって、以来、春乃は太市を我が子のように気遣っているという。

二キの隠居もまた、太市を身内のように可愛がり、目を掛けている。

掛井が、落ち着いた声で拾楽に訊ねた。

「お智の行方が知れねぇってのは、どういうこった」

「『見晴屋』へは行きましたか」

「ああ。閉まってたよ。呼んでも誰も出て来やしねぇ」

「中で、人の気配がしました」

拾楽は、今までの経緯《いきさつ》を掛井に伝えた。

掛井が、呟く。

「お智は、里帰りってぇ嘘を吐いて、店に残ってるってぇことか」

「分かりません」

「太市は、『見晴屋』で消えたのか」

「それも、分かりません」

「『見晴屋』の人の気配ってのは、どこのどいつだ」

拾楽は、答えなかった。「分かりません」としか、言い様がない。

「ひょい、と板塀《いたべい》乗り越えて、覗いてこなかったのか。昔とった杵柄《きねづか》って奴《やつ》でよ」

掛井は、定廻の癖《くせ》に、「黒ひょっとこ」と呼ばれる一人働きの盗人だった拾楽を野放しにしている。更に、こんな風に平気な顔でからかったり、唆《そそのか》したりしてくるのだ。

拾楽は、溜息を堪《こら》え、応じた。

「昼日中に板塀から『お邪魔《じゃま》します』ってぇ訳にもいかねぇでしょう。中がどうなってるのかも、分からねぇんだ」

掛井は、おどけた仕草《しぐさ》で笑った。

「お、久しぶりに訊いたぜ。おかめの物言い」

ようやく、すっかり頭が冷えた様子の掛井を見て、拾楽も笑った。

「また、そうやって、分かりづらい言葉遊びを。楽しいですか、旦那」

「黒ひょっとこ」から売れない画描き「青井亭拾楽」の物言いに戻した拾楽に、掛井が応じた。

「ああ、楽しいねぇ。猫屋をからかうのは」

それから、粋《いき》な仕草で、定廻のお仕着せ、黒巻羽織《くろまきばおり》の袖をさっと払《はら》い、掛井は呟いた。

「安心したよ」

「何がです」

「長屋で、サバ公描きながらぬくぬく暮らして、すっかり焼きが回っちまったんじゃねぇかと、ちっとばかり心配してたんだ」

拾楽は、今度はひんやりと笑った。

内心、痛いところを突かれた、とほろ苦く笑いながら、口では、

「まさか」

と言い返す。

掛井が、間近で拾楽を覗き込んだ。

「近くありませんか、旦那」

「いいねぇ。目が覚めましたってぇ顔だ。それで、盗人に戻るつもりなのかい」

拾楽は、掛井には答えず、話を戻した。

「今宵《こよい》」

言葉の先を察したように、掛井は薄笑いを引っ込め、拾楽から離れた。

「おう」

拾楽は続けた。

「『見晴屋』さんの様子を見て来ます」

「太市も一緒だと思うか」

「それは、まだ」

「お前《め》ぇの見立てでいい。話せ」

二キの隠居に、何か少しでも知らせたい。そんな掛井の思いが透《す》けて見える。

拾楽は、小さく息を吐いた。

「本当に、まだ何も。ただ、それもあり得《う》るとは思いますが」

「勿体《もったい》ぶるな。お智のことも、見当はついてるんだろうが」

仕方なく応じかけたところで、拾楽は掛井の背後へ視線を移した。

武家屋敷の白壁が頂《いただ》く瓦屋根、二人から少し離れたところに、白い鴉が舞い降りた。

掛井が、拾楽の視線を追って振り向く。

白い鴉が、かあ、と鳴いた。

「さっき、庵の藤棚にいたやつか」

掛井が呟いた。

拾楽は小さく笑って言った。

「おや、余裕《ゆとり》がないようでも、ちゃんと見えておいでで」

「うるせぇよ。白い鴉は目立つだろうが。それより、早く聞かせろ。『見晴屋』で何があった。太市はどこだ。お智はどうしてる」

矢継《やつ》ぎ早《ばや》にせっつかれ、拾楽は肩を落とした。

「あたしは、二キのご隠居と違って、千里眼《せんりがん》でも遠耳でもありませんから、大外《おおはず》れでも知りませんよ」

「そりゃ最初《はな》から承知よ。あんな妖怪が二人もいてたまるか」

掛井は、変わった体質の男だ。

妖、お化け、幽霊の類が全く視えない。気配も感じない。

勿論、視えない人間の方が多いだろう。ただ、普段視えない連中でさえ、視えたり、気配を感じたり、息苦しかったりする大物と対している時でも、全く気づかないし、平気な顔をしている。

何しろ、悪さをした野狐《やこ》——お稲荷《いなり》様を始めとする、神仏とは関わりのない妖《あや》しの力を持つ狐《きつね》の尾を素手《すで》で捕《つか》まえ、大人しくさせたこともあるくらいだ。

どうやら呪《のろ》いも妖も幽霊も、この男を避けて通るらしい。

そんな訳で、掛井は妖、お化け、幽霊の類は、全く信じていない。

「自分が見えないものは信じない」そうだ。

いかにも、暑苦しい程の生気《せいき》に溢《あふ》れている成田屋らしい考えだが、隅田川の東のことは何でもお見通し、さながら「深川の主《ぬし》」のごとき二キの隠居だけは、別らしい。

「旦那も、妖怪を信じていらしたんですねぇ」

「ご隠居に言いつけるぞ。猫屋がご隠居のことを妖怪って言ってたってよ」

「先に言ったのは、旦那ですが」

ああ、もう、と掛井が喚《わめ》いた。

白壁の上の白い鴉が、驚いたように小さく飛び上がり、少し離れたところへ留《と》まり直した。

「お前《め》ぇと話してると、話が他へ逸れるのはどうした訳だ」

そりゃ、旦那があたしをからかうからでしょうに。

拾楽は言ってやりたかったが、また話が逸れそうなので、大人しく話を戻した。

「『見晴屋』の番頭さんから聞いた話では、お智さんが里帰りを言い出したのは本当に急だったそうです。なのに店まで閉めて、職人や奉公人を店から出し、表戸にはしっかり戸締りがしてある。ご実家で何かがあったのなら、番頭さんに後のことは任せて、一刻も早く藤沢へ向かうでしょう。誰かに攫《さら》われたのなら、戸締りなぞしている暇はない」

「お智は、店ん中ってぇことか」

「ええ。わざわざ、里帰りを装ってひとりで籠《こも》る理由《わけ》は、多分お智さんにはないでしょうから」

掛井が、厳しい顔をした。

「つまり、賊《ぞく》に押し込まれて、閉じ込められてる。間《ま》が悪くそこに太市が居合《いあ》わせちまった」

「あるいは」

「あり得るな。太市を質《しち》に取られたら、お智は賊の言う通りにするしかねぇ。一体、どこのどいつだ。目当ては金子《きんす》か、別のもんか」

「そっちは、皆目《かいもく》」

掛井が、奥歯を軋《きし》らせた。すぐに軽い物言いになってぼやいた。

「だよなあ。敵の目的も正体も、何人いるのかも、分からねぇ。外に仲間がいるかもしれねぇ。こりゃあ、猫屋の言う通り、昼日中に板塀から『お邪魔します』って訳にも、確かにいかねぇ」

掛井は、先刻の拾楽の言葉を繰り返した。

「今宵、確かめてお知らせします。それまでは、くれぐれもあの辺りを突《つつ》いたりしないでください」

掛井が、大真面目な顔で頷いた。

「分かった。ご隠居にゃあ、きっちり釘《くぎ》を刺《さ》しておく」

拾楽は呆れた。

「旦那も、ですよ」

「俺か。俺は、立ち回りも板塀越えも得手《えて》じゃねぇ。心配するな」

「平八《へいはち》親分を使うのも、無しですからね」

掛井は拾楽から目を逸らして、「分かった」と告げた。

そのさりげなさが、いかにも嘘臭くて、拾楽は本気で念押しをした。

「旦那。太市坊の無事も、お智さんの無事も、掛かってるんです」

「分かってる」

いや、分かっていない。その顔は、分かっていない顔だ。

拾楽は冷ややかに告げた。

「あたしが信用ならないんなら、言ってください。手を引きます」

「おい、猫屋。本気か」

「本気ですよ。旦那やご隠居が差し向けたお人と下手に鉢合《はちあ》わせをして、向こうに勘づかれるよりはましだ」

「分かったっ。本当に、分かった。俺が悪かった。ご隠居にもちゃんと伝える」

それから掛井は、再び、ずいと、拾楽へ近づいた。

だから、近いってんですよ、旦那。

拾楽の背には、武家屋敷の白壁が迫っていて、逃げるに逃げられない。

桜の花びらがひとひら、拾楽と掛井の鼻先を掠《かす》めていった。

「何か分かったら、すぐに知らせろ」

拾楽は、するりと脇《わき》へ身体を滑《すべ》らせ、掛井の「顔」から逃《のが》れた。

「分かってます。旦那こそ、あたしが知らせに伺うまで、大人しくしていて下さいよ」

「お、おう」

今ひとつ、歯切れの悪い返事が心配だったが、拾楽は軽く頭を下げた。

「それじゃ、戻ります」と言い置き、花見最中《さなか》の庵へ向かう。

白い鴉は、「どちらへついて行こう」と、考えている風に、掛井と拾楽へ向けて首を二度、巡らせた後、空高く飛び立った。

拾楽が庵へ戻っても、おはまを除く店子達は、まるで気に留めた様子がなかった。

掛井と拾楽がつるんで何やら動くのは、「鯖猫長屋」の店子達には、すでに見慣れた景色になっているのだろう。

ただひとり、おはまだけがもの問いたげに拾楽を見た。拾楽は敢《あ》えて掛井のことや、掛井が来る前、おはまが拾楽に訊きかけた話の続き――拾楽とサバの様子がおかしい――に触れずにおいた。

おはまは、不用意に「見晴屋」とお智の話、太市のことを漏らす娘ではないことは分かっている。

だが、今話しても、気を揉《も》ませるだけだし、敵の正体も目的もまるで分かっていない以上、どう出て来るかが分からない。万が一にもおはまを巻き込むことがあってはならない。

おはまが、敢えて拾楽に何か訊ねてくることはなかった。拾楽の様子から何か察したのかもしれない。

花見を終えて庵の掃除《そうじ》をし、長屋へ皆で帰る間、サバはやけに大人しかった。さくらは、はしゃぎ過ぎたのか、長屋へ着くまで涼太の腕の中で白河夜船《しらかわよふね》だった。

夜更け、拾楽はそっと長屋を抜け出した。サバを誘ってみたが、まるで拾楽の言葉が分かっていないような様子で振り向きもしなかったので、ひとり仁王門前町へ急いだ。

サバの妙な素振りは気になったが、正直、気が急いてならなかったのだ。

お智は、その日の「蓬長寿饅頭」をふいにして、急に店を閉めると言い出した。片付けは自分でやるからと、奉公人や職人を急かすように店から出した。

店を閉めてから、おてるとは遣り取りをしている。

その後、「見晴屋」を訪ねた拾楽が声を掛けても返事はなかったが、人の気配はあった。

番頭に拾楽が確かめたところ、奉公人も職人も皆揃って店を出たという。

そして、「見晴屋」へ行くと言って出かけた太市の行方が知れない。

その全《すべ》てを並べて思いつくことは、ひとつ。

何者かが「見晴屋」に立て籠っている。質に取られているのは太市で、お智は言うことを聞かざるを得なかった。

殺《あや》めるつもりなら、そこまで手のかかることはしない。

小盗人《こぬすっと》ならともかく、昼日中に表店に押し込む、剛毅なのか馬鹿なのか分からない盗賊というのは、拾楽は聞いたことがない。

二人は恐らく無事だ。

とはいえ、ひょんな弾み、ちょっとした行き違いで、何が起こるか分からないこともまた、「黒ひょっとこ」は知っている。

だから気が急いた。夜になるのを待っている時が、長かった。

寛永寺仁王門前町は、夜闇に沈み、ひっそりとしていた。

辺りに人気《ひとけ》がないのを確かめ、まずは表口から板戸越しに中を探ってみる。

昼間にあった気配は、感じられない。

勝手口へ回り、板塀を乗り越えて中へ入る。

庭から、人の気配を探り、少し考えてそのまま屋内へ足を踏み入れた。

片付けは自分がやるからと、お智は番頭の由兵衛に言ったはずなのに、饅頭づくりの作業場は蒸籠《せいろう》に鍋《なべ》、箆《へら》なぞの道具が出しっ放しで、つくりかけの饅頭もそのまま、鍋ではせっかくの餡《あん》が干《ひ》からびかけている。

勝手も、昼餉《ひるげ》の片付け途中。店が綺麗に整っているのは、恐らく番頭や手代が手早く片付けて行ったのだろう。

二階は、客間とお智が帳場に使っている小部屋、お智が暮らす部屋が並んでいる。

朝に片付け、掃除をしたきりという風情《ふぜい》で、慌ただしく旅支度をした気配はない。

そして、家の中には、お智と太市の姿も、押し込んだ敵の気配も、なかった。

まさか、連れ出されたか。

拾楽は唇を嚙んだ。

だとすると、行方を探すのは厄介だ。

無茶《むちゃ》をしてでも、昼間に潜り込んでおいた方がよかったか。

いや、とすぐに小さく首を振る。

それでは、急に奉公人と職人を帰らせた理由がない。

皆、店にいるはずだ。

すぐに思い当たったのは、庭に作られた蔵《くら》だ。「見晴屋」には、二階建ての母屋《おもや》と同じ程の高さの、菓子屋にしては大層立派な蔵がある。

拾楽は、辺りに気を配りながら庭へ出た。

蔵の土壁が、闇の中、ぼんやりと白い光を放っていた。

そもそも、江戸に出店を出すとなった時、お智は蔵のある表店を探したのだという。

饅頭屋は、小豆《あずき》に小麦粉、砂糖と、湿気《しっけ》に弱い材料を扱う。土の壁は湿気を吸うから、これらの置き場所にはうってつけで、取り分けこの表店の蔵は、壁が分厚《ぶあつ》く、お智はひと目で気に入ったのだそうだ。

場所柄や人通り、母屋の傷《いた》み具合、店としての使い勝手よりも、「小豆、小麦粉、砂糖の住処《すみか》」に惚《ほ》れ込んだとは、一風変わったお智らしいと言えるだろう。

だから、「見晴屋」の蔵に眠っているのは、小判や値打ちものの調度ではなく、小豆に小麦と、砂糖のはずだ。

足音と気配を消し、蔵の観音《かんのん》開きの扉へ近づく。

錠前《じょうまえ》が、開いていた。

髪一筋《かみひとすじ》分ほど、重たい扉を開ける。明りは漏れてこない。もう少し、半寸程の隙《すき》間《ま》が出来るまで扉を開く。

金網《かなあみ》が張ってある内戸が見えた。ほんの微か、内からの明りが零れた。

闇の中、目を凝《こ》らすと、内戸のすぐ奥に麻袋《あさぶくろ》が積み上げてあるのが分かった。

そして、微かに伝わる、人の息遣い。

拾楽は、内の様子が静かなままなのを確かめながら、念入りに、ゆっくりりと扉を閉めた。

閉め切ったところで、知らず肩に入っていた力を抜く。

気配がないはずだ。

こんな分厚い壁の向こうに籠られていたのでは、お手上げである。

さて、これからどうするか。

せめて、お智と太市が蔵の中にいるのかだけでも、確かめておきたい。

拾楽は一度蔵から離れ、庭の椚《くぬぎ》を伝《つた》い、奥向き、居間《いま》の上辺りの瓦屋根へ上がった。

そこから蔵の屋根までの間合いを測る。

少し遠いが、跳《と》べるだろう。

蔵の瓦屋根の下は、土居塗《どいぬ》りといって、粘土《ねんど》で固められている。

瓦をどかしても中へ潜り込めない代わりに、少しくらい足音がしても、中には響《ひび》かない。

足と腰に力を溜《た》め、屋根の瓦を軽く蹴《け》る。

狙《ねら》い通り、蔵の屋根の際《きわ》、少し奥に降り立つ。

かたん、と足許で瓦が鳴った。

暫く動かずに様子を窺《うかが》う。

足許の蔵に、変わりはない。

そこから音を立てずに明り取りの窓の上の辺りへ、そこから窓の上に張り出した庇《ひさし》へ降りる。明り取りの窓も、表扉と同じく観音開きで、こちらは外に向かって開いていた。

そっと覗くと、窓のすぐ下の闇の中で、人影が動いた。

お智と太市だ。手と足を縛《しば》られている。

明りは表戸の方で小さく灯《とも》されているのみで、お智と太市のところまでは届いていないが、拾楽の目には、二人の様子がはっきり映《うつ》った。

蔵の中の気配は、三人。賊は取り敢えずひとりということだ。

太市が、小さく身じろぎをした。

「眠れないの」

お智が、そっと訊いた声が聞こえる。

「すみません」

太市が囁いた。

「無理もないわ。蔵の中で縛られてちゃあ。何より、怖いでしょう」

いいえ、と応じた太市の声は、明るかった。

「お智さんが一緒なので、大丈夫です。それに、おいら、もっともっと、ご隠居様の御力になりたいんです。これくらいで怖がってはいられません」

「堪忍《かんにん》してね」

不意にお智に詫びられ、太市は「お智さん」と、問い返した。

「こんなことに、巻き込んでしまって」

「そんな」

太市は、首を横に振ってから、ぽつりと呟いた。

「お智さんを巻き込んでしまったのは、おいらの方かもしれません」

「え」

お智が訊き返した時、表扉の近くにいた気配が、動いた。拾楽は窓から離れ、扉の陰に身を隠した。

「何をしゃべってやがる」

男の声。

年の頃は、二十五、六、といったところか。

伝法《でんぽう》な物言いだが、殺気も荒《すさ》んだ様子も感じられない。口調《くちょう》も、二人を脅しているようでもない。

男は、諭《さと》すように続けた。

「こっちの思案が纏まるまで大人しくしててくれりゃあ、お前さん達には何もしねぇ。食い物《もん》と水は、さっきお前さん達の分も運び込んどいたから、心配ねぇ。だから、さっさと寝ろ。ちゃんと寝とかねぇと、身体がもたねぇぞ」

拾楽は、小さく首を傾《かし》げた。

随分、律儀《りちぎ》で世話焼きな賊だ。

それきり、太市とお智も、賊の男も口を利かなくなったので、そっと庇から蔵の屋根へ戻り、「見晴屋」を出た。

勝手口から板塀越しに見える蔵の屋根を振り返ってから、拾楽は仁王門前町を離れた。


深川、菊池喜左衛門《きくちきざえもん》――二キの隠居の庵では、隠居と掛井が、起きて拾楽を待っていた。

二キの隠居は、齢《よわい》六十、お地蔵様のような佇《たたず》まいの男だが、北町奉行《ぶぎょう》も一目置《いちもく》いている臨時廻《りんじまわり》同心だ。八丁堀《はっちょうぼり》の組屋敷から離れ、深川住まいの我儘《わがまま》を許されていることからも、奉行の信の厚さが知れる。

だから「隠居」ではないし、回向院《えこういん》の東にあるこの「庵」も、その実、立派な「小屋敷」ではあるのだが、「深川の慎《つつ》ましい隠居暮らし」という体《てい》が気に入っていて、周りの者には、自分を「隠居」と、深川の小屋敷を「庵」と呼ぶよう、言いつけているのだ。

庭から、二キの隠居の許しを得て居間へ上がると、今日だけで何度目になるか、掛井が拾楽に迫ってきた。

「何が分かった。早く言え」

拾楽が不平を言う前に、二キの隠居がおっとりと掛井を止めた。

「十四郎。鬱陶《うっとう》しいよ」

掛井が、摑んでいた拾楽の襟《えり》を、ぱっと放した。

隠居が更に掛井を窘《たしな》める。

「お前が急いたって、事態は何も変わりゃしない。むしろ猫屋の言を遮《さえぎ》って邪魔をしているじゃないか」

掛井は、「はあ、面目《めんぼく》ございません」と詫び、すごすごと隠居の側まで戻った。

天下の成田屋は、「同心のいろは」を教わったという隠居が、苦手なのだ。

「血の気《け》の多い馬鹿者が、悪かったね。猫屋」

拾楽は、ちらりと掛井を見てから、いいえ、と短く応じた。

一見落ち着き払っている隠居の拳《こぶし》の白さが、その胸の裡の焦りを伝えている。

拾楽は、ざっと「見晴屋」とお智、太市の様子を伝えた。

「二人は、元気だったかい」

拾楽は頷いた。

「縛られちゃあいましたが、怪我もないようです。小さな遣り取りを聞く限りは、二人ともしっかりしていましたよ」

ふ、と、きつく握られていた隠居の拳が解《ほど》けた。

「そうかい。それはよかった」

幾分素《そ》っ気《け》ない呟きに、隠居の安堵《あんど》と心配が詰まっている。

「とはいえ、蔵とは厄介だね」

掛井と拾楽が、揃って頷いた。

蔵の出入り口は、観音開きの表扉のみ。そのすぐ奥には、小豆や砂糖、小麦粉だろう、ずしりと重い麻袋が積み上げられている。

明り取りの窓は、拾楽や大人が入るだけの大きさはない。

捕り方が一斉《いっせい》に踏み込むことは出来ない。

相手はひとりでも、お智と太市が質に取られているのだ。

拾楽は切り出した。

「賊の狙いが何なのか、気になります」

うん、と隠居が頷いた。

「太市は、自分がお智を巻き込んだと、言ったのだったね」

「ええ」

「そして賊は、『こっちの思案が纏まるまで』と」

思うに、と拾楽は切り出した。

「思案を纏めなければならない何かが起こった、ということでしょうね。本当に太市坊が目当てだったのか、他の誰かと間違えたのか、あるいは、ほんの弾みだったのか。定かではありませんが、初めから『見晴屋』に立て籠るつもりでは、なかったような気がします」

隠居が呟く。

「猫屋の見立てじゃあ、賊は律儀で世話焼き、って訳かい」

掛井が、厳しい顔で吐き捨てる。

「律儀な奴が、女子供を質になんかとるか」

口調は苛立っているが、隠居に窘《たしな》められ頭は冷えたようだ。双眸《そうぼう》にも、いちいち派手な仕草にも、落ち着きが戻っている。

拾楽は、頷いた。

「ええ。蔵に閉じ込められているのは、気丈《きじょう》とはいえ育ちのいい女人《にょにん》と、まだ幼さの残る十六の男子《おのこ》です。のんびりはしていられない」

いつ、張り詰めた気持ちの糸が切れるか、分からない。

「十四郎」

二キの隠居が、掛井を呼んだ。

「はい」

「夜が明けたら、平八を『見晴屋』へ差し向けておくれ。軽く揺さぶってみよう」

「承知」

「猫屋」

「何でしょう」

「その隙に、どうにか蔵の二人に伝えて貰えないか。もう分かっているから、安心するように、と。太市がいれば、こちらから繋《つな》ぎをとっても、上手《うま》くそ知らぬふりを通せる」

十六の子に、随分と信を置いているんだな。

改《あらた》めて驚いていると、掛井が口を挟んできた。

「サバ公に、蔵へ入って貰やあいいじゃねぇか。明り取りの窓は開いてるんだろう。太市とお智なら、サバ公を見ただけで、お前《め》ぇがこの事態を承知してるって、分かるはずだ」

拾楽は唸った。

「妙案だとは思いますが。肝心《かんじん》のサバがやってくれるかどうか」

「まあ、サバ公が気まぐれなのは、俺も知ってるけどよ。そこを何とかするのが飼い主ってもんだぜ」

飼い主というより、子分なんですけどね。掛井の旦那と同じで。

拾楽は苦笑混じりで、告げた。

「気まぐれだから、というのではなく。どうも、昼間『見晴屋』の様子を見に行ってから、ちょっと様子がおかしいんです」

二キの隠居が、聞き咎《とが》めた。

「様子がおかしいとは、どういうことだい」

「すっかり、そのへんのぼんくら猫になっちまったみたいで」

掛井と隠居が、「それは確かにおかしい」という風に、顔を見合わせた。

隠居が訊ねる。

「心当たりは。『見晴屋』で何かあったのかい」

「ひとつ、無いこともありません」

「何だ。早く言え」

急かした掛井が、また隠居に咎める視線を向けられ、首を竦《すく》めた。

拾楽は、笑いを堪えて答えた。

「白い鴉」

掛井が、目を丸くした。

「白い鴉って、あの花見の庵にいた奴か」

「ええ、恐らく。花見の前に、様子を確かめに行った『見晴屋』の近くで見かけています。それから、サバの様子がおかしい」

二キの隠居が腕を組む。

「『見晴屋』に、『鯖猫長屋』の花見。どちらにも白い鴉か。気になるね。そちらは儂《わし》が調べておこう」

「お願いします」

拾楽は隠居に頭を下げてから、話を「見晴屋」へ戻した。

「サバが動きそうにないのなら、あたしがどうにかします」

隠居が、小さく頷いた。

「うん。頼んだよ、猫屋」


それから、「見晴屋」の蔵へ揺さぶりをかける策やら何やら、三人で話し合い、拾楽が深川から「鯖猫長屋」へ戻った頃には、春の空は薄《うっす》らと明けかけていた。

涼太におてる、豊山、おみつ清吉夫婦、おはま、それに居酒屋で遅くまで働き、この時分は白河夜船の筈《はず》のおきねまで、部屋の外に出ていて、拾楽は驚いた。

おはまの足許には、サバが丸まって眠っている。

おてるが、拾楽に気づき、眦《まなじり》を吊り上げた。

「朝帰りとは、いいご身分だねぇ」

拾楽はへらりと笑った。

「いやだなあ、二キのご隠居へご機嫌伺いに行ったら、捕まっちまっただけですよ」

おてるの顔が、明るくなった。

「太市っちゃんは、元気だったかい」

子のいないおてるもまた、親のいない太市を殊更《ことさら》気にかけている。

拾楽は笑って答えた。

「ええ、元気です。相変わらず、しっかりしてましたよ」

「そうかい」

と嬉しそうに呟いたおてるの姿に、拾楽の胸が鈍《にぶ》く軋《きし》んだ。

「ところで、何の騒ぎです。こんな早くから」

おてるよりも早く、豊山が、弾んだ声で答えた。

「鴉ですよ。昨日の白い鴉。さっきまで、屋根の上にいたんです」

魚河岸《うおがし》へ早くに出かける貫八と、見送りに出たおはまが見つけたそうだ。

貫八の大きな声で、皆が外へ出てきたのだという。

おてるが、苦々しい声で拾楽に言った。

「おみつさんは相変わらず気味悪がってるけど、豊さんは化け物話の種になりそうだってんで喜んでるし、他の連中は、涼さんまで、縁起がいいって盛り上がっちまってね」

涼太は、元役者だ。役者は大抵験《げん》を担《かつ》ぐから、無理もないだろう。

おきねが、嬉しそうな声を上げた。

「あ、戻ってきた」

羽音と共に、白い鴉が明けかけた空から舞い降り、木戸のすぐ脇の木塀《きべい》へ留まった。

きっといい事がある、何のお使いだろう、いや、紅い目がやはり怖いと盛り上がる中、おはまが拾楽の側へやって来て、硬い顔で拾楽に囁いた。

「先生、やっぱり大将、おかしいわ。だって、自分で腰高障子、開けて出てこなかったのよ」

前脚《まえあし》で器用に腰高障子を開けて外へ出るのは、サバのちょっとした得意技《わざ》のひとつだ。

おはまが続ける。

「中から、戸を引っ掻く音がしたから、さくらかしらと思って開けてやったら、大将が出てきて。少し話しかけてみたんだけど、なんだか、いつもより、通じる感じがない気がして」

拾楽が見遣ると、サバがのそりと起き上がり、拾楽に近づいた。

懐いてます、そんな風に、しきりに拾楽の脛《すね》に身体を擦りつける。

こんな可愛らしい真似は、およそ子猫の頃まで遡《さかのぼ》っても、思い当たらない。

拾楽は、サバを抱き上げた。

こちらを見る榛色の瞳からは、いつものような生意気で、全て見透《みす》かしているような、敏い光はすっかり失《う》せていた。

瞳に、ほんの刹那、青い光が滲《にじ》んですぐに消える。

なーん、と、気の抜けた声でサバが鳴いた。

長屋の木戸の脇で、白い鴉の紅い目が、じっとこちらを見ていた。

其の二

頭に血が上った同心

蔵《くら》の内

夜明けの少し前。空が白《しら》み始めてから陽《ひ》が上るまでは、春でも冷え込む。

お智《とも》の隣《となり》でうとうとしていた太市《たいち》が、小さなくしゃみをした。

「太市《たい》っちゃん、寒い」

「大丈夫です」

お智の問いに、太市は明るく答えたが、歯の根が合っていない。

寄り添っているところから、細かな震《ふる》えが伝わってくる。

お智は、念入りに声を潜《ひそ》めて太市に囁《ささや》いた。

「おてるさんに、『猫の先生によろしく』と言伝《ことづて》をしたの。先生なら妙だと察してくれるはず。今頃きっと、成田屋《なりたや》の旦那《だんな》や深川《ふかがわ》のご隠居《いんきょ》と算段をしてるでしょう。だから、もうちょっとの辛抱《しんぼう》よ」

太市は、お智に笑い掛けてから、少し思案するような顔をした。

そこへ、男が蔵《くら》の前からこちらへやって来た。手には、小豆《あずき》が入っていた麻袋《あさぶくろ》を持っている。

歳《とし》の頃は二十五、六程。左の眉根《まゆね》の脇《わき》に大きな黒子《ほくろ》がある。お智が見知った男ではないが、顔付き、佇《たたず》まいだけ見ると、こんな無体《むたい》なことをする悪党には思えない。

男は、震えている太市の膝《ひざ》の上へ、妙に丁寧《ていねい》に麻袋を掛けながら言った。

「大して温かくねぇかもしれねぇが、無いよりましだろう」

「ありがとうございます」

自分をこんな目に遭《あ》わせている相手に対して礼を言う太市が、いじらしい。

お智は、堪《たま》らなくなって男に声を掛けた。

「もし」

扉の方へ戻ろうとしていた男が足を止め、お智に振り返る。

「この子だけでも、逃がしてやってはくれませんか」

男は黙《だま》ってお智を見ている。お智は続けた。

「人違いなのでしょう。でしたら――」

「駄目《だめ》だ」

冷ややかに、男はお智の言を遮《さえぎ》った。

込み上げてきた怒りを抑《おさ》え、お智は訊《き》いた。

「なぜです」

男は、太市へ視線を移した。

「この子は女将《おかみ》さんを慕《した》ってる。逃がしたら、番屋へ走るに決まっている」

「その間にお前さんは逃げればいいじゃあ、ありませんか。私は、余計なことは言いませんから」

「逃げる訳《わけ》にゃあいかねぇんだ」

「だから、なぜ」

お智と男の言い合いに、太市が、「あのう」と割って入った。

にこっと笑って、男に訊く。

「おいらをどなたと間違えたんです。白鴉《しろがらす》って、どなたかの名ですか」

お智は、はらはらと太市を見た。

男は答えない。

この男は、今のところ、乱暴な振る舞いをしていない。けれど、不用意な口を利《き》いて、もし怒らせでもしたら——。

お智の心配を他所《よそ》に、太市が再び訊いた。

「小父《おじ》さん、おいらに言いましたよね。『坊主《ぼうず》。お前《め》ぇが白鴉だな』って」

「知ってどうする」

太市は、あはは、と笑って答えた。

「どうするって訊かれると、困ります。ただ自分がどうしてこんな目に遭ったのか、知りたい、というのではだめですか」

「知ったら、俺《おれ》はお前《め》えを生きて帰さねぇかもしれねぇぞ」

低く唸《うな》るような男の恫喝《どうかつ》にも、太市は全《まつた》く怯《ひる》まない。

少し考えるように男の顔を眺《なが》めてから、またにこっと笑った。

「小父さんは、そんなことしませんよ」

「侮《あなど》ってるんなら、そいつは間違《まちげ》ぇだ」

「侮ってなんか、いません。小父さんだって、おいらのこと、律儀《りちぎ》で女将さんのことを慕ってるって、見抜いたじゃありませんか。おいらだって同じです。小父さんは、人を殺《あや》めたりしない」

男は、まじまじと太市を眺めていたが、やがて呆《あき》れたように笑《え》んだ。

「生意気《なまいき》な奴《やつ》だな」

そう呟《つぶや》いてから、少し間を空《あ》けた向かいに、男は胡坐《あぐら》を掻《か》いた。

暫《しばら》く黙った後、切り出す。

「お前え、肩に白い鴉載《の》っけてたろ」

太市は、目を丸くした。

「『白鴉』って、あの鴉のことですか」

男は、また笑った。

「鴉と人を間違えるか」

太市も、朗《ほが》らかに笑った。

「そりゃ、そうですねぇ」

「まったく、坊主にゃあ敵《かな》わねぇなあ」

明るくぼやいてから、男が告げる。

「白い鴉を飼ってる、お前《め》ぇと年格好《としかっこう》がよく似てる奴に、用があったんだ。そいつは『白鴉』と呼ばれてる」

お智は、はらはらする内心を抑え、息をつめて二人の遣《や》り取《と》りに耳を傾《かたむ》けた。

大丈夫。男は、太市に対して腹を立てる素振《そぶ》りは見せない。

こんな時、おてるなら言うだろう。

――今は、余計な口は挟《はさ》んじゃあだめだ。どれだけ自分が焦《じ》れてたってね。

太市が、男に確かめた。

「それじゃあ、白い鴉がおいらの肩に留《と》まったから、おいらがその『白鴉』だと思ったって訳ですか」

「ほっぺた突《つ》いてたからな。随分《ずいぶん》、坊主に懐《なつ》いてる風だった。饅頭屋《ここ》の隣の大店《おおだな》に逗留《とうりゅう》してるって聞いてたし、てっきりそう思っちまった」

お智は考えた。

隣の大店。右は「見晴屋《みはるや》」と同じ間口《まぐち》の土産物屋《みやげものや》だから左、紙問屋《かみどんや》の「彦成屋《ひこなりや》」だ。十六ほどの男子《おのこ》は、見かけていないが。

太市が男に言う。

「おいら、あの鴉は初めて見ました。勝手に肩に留まられて、吃驚仰天《びつくりぎようてん》、です」

男は、しげしげと太市を眺めてから、肩を落とした。

「焦《あせ》ってたとはいえ、俺《おら》ぁ、とんだ間抜けだ」

「あのぉ」

太市は、そろりと男に声を掛けた。

「その『白鴉』ってお人に用がおありなのに、こうして籠《こも》っていいんですか。蔵の中にいたのじゃあ、そのお人の様子も分からないでしょう」

男は、思いつめた顔になって太市から目を逸《そ》らし、ぽつりと呟いた。

「分かってる。分かってるさ」

「あのぉ」

　太市が再び、のんびりと切り出した。

「何だ、坊主」

「そもそも、どうして蔵だったんです」

「そりゃあお前《め》え、外にこのことが漏《も》れて八丁堀《はっちょうぼり》の旦那方に踏み込まれたら、母《おも》屋《や》じゃひとたまりもねぇじゃねぇか」

　うーん、と太市が考え込んだ。

「でも、いずれ『見晴屋』さんの様子がおかしいと、気づかれますよ。女将さんは懇意《こんい》にしている八丁堀の旦那がおいでです。おいらがお世話をしているご隠居様も、『見晴屋』さんへ使いに出たきり戻らないおいらを、心配しているでしょう」

「だから蔵なんだよ、坊主。蔵なら出入り口はひとつだ。いざって時に、容易《たやす》く立て籠れる」

　そうまでして、「白鴉」に何の用があるんですか。あっという間に私達を捕《とら》えて立て籠ったみたいに、さっさとここから出て、強引《ごういん》に用を済ませればいいでしょう。

　お智は、出かかった言葉を、ようやく呑《の》み込んだ。

太市は、敏《さと》い。きっと何か考えがあって、この男と遣り取りをしているのだ。

――邪魔《じゃま》しちゃあ、だめだよ。

頭の中で聞こえたおてるの声に、お智はそっと応じた。

はい。おてるさん。

太市は、楽しい悪戯《いたずら》を思いついたように、明るく言った。

「と、いうことは、ですね。外にこのことが漏れなきゃいい、というよりは、八丁堀の旦那方が踏み込むような騒《さわ》ぎにならなきゃいいって、ことですよね」

男が、眉根《まゆね》を寄せて太市を見た。

「何が言いてぇ」

太市は、にんまりと笑って答えた。

「蔵から出て、母屋へ移っちゃあ、いかがです」

＊＊＊

おかしなサバを案じたのは、拾楽《しゅうらく》とおはまだけだった。

おてると涼太《りょうた》は、サバの「ぼんくら」な様子に気づいていたが、サバに絶大な信を置いているおてるは「何か考えがあるんだろう」と言い、猫好きで、様々な猫を知っている涼太は、ただの気まぐれだろうと笑った。

さくらは、どうやらサバから何か聞かされているらしい。

兄貴分の変わりように動じることもなく、自分がしたい様《よう》にサバを遊びに誘い、拾楽にじゃれつき、陽が少し高くなり、風もぬるんできたところで、ふらりと外へ出て行った。

サバは、畳《たた》んだせんべい布団《ぶとん》の上で、丸まって眠っている。

拾楽は、威張《いば》りん坊《ぼう》で気まぐれの飼い猫に声を掛けてみた。サバは耳さえこちらに向けない。

「サバや」

「これから、ちょいと出かけるんだけど、お前も来るかい」

サバが、ふ、と頭を上げた。拾楽を見ることなく大きなあくびをして、また丸くなる。

隣のおてるに聞こえないよう、声を潜めて、拾楽はもう一度誘ってみた。

「『見晴屋』の様子を見に行くんだ。手伝ってくれないかい」

暫く待ったものの、サバは動かない。

——知るか。

のような、いつもの応えもない。

きっと、未《いま》だに屋根に居座《いすわ》っている、あの白い鴉のせいなんだろうね。

サバがこんな風に警戒する、どんな力が、白い鴉にあるというのだろう。

今のサバは、拾楽の言葉にしない問いに答えることはない。

「じゃあ、行って来るよ」

諦《あきら》めてサバに声を掛け、部屋を出る。

いつの間にか、白い鴉はいなくなっていた。

それでもサバが、「ぼんくら猫」の芝居《しばい》を止《や》めないのは、油断が出来ない相手ということだろう。

拾楽は、少し考えておてるを訪ねた。

おてるは、縫物《ぬいもの》の手を止めて、土間《どま》の拾楽を見た。

「おや、お出かけかい、先生」

「ええ、成田屋の旦那の野暮《やぼ》用《よう》で。あの、おてるさん」

「なんだい」

「すみませんが、少しの間、サバを見ていちゃあ貰《もら》えませんか」

おてるは、目を丸くした後、小さく噴《ふ》き出した。

「どうしたんだい。大将相手に、やけに心配性じゃあないか」

からかうように言いながら、立ち上がる。

「いいよ。ちょうどうちのひとの半纏《はんてん》を縫い終わったとこだから」

いそいそと、棚の壺《つぼ》から煮干《にぼ》しを取り出し、土間へ降りてきた。

「心おきなく、旦那の野暮用とやらを済ましといで。ちゃんと画《え》も描《か》かなきゃ、大将の米とかつおぶし、買えなくなっちまうよ」

拾楽は、ははは、と笑った。

「まったくです。今度、おてるさんから旦那に言ってください。あたしが画描きだってこと、お忘れのようですので」

ふん、とおてるが鼻を鳴らした。

「自分でお言いな。しょっちゅうつるんでるんだから」

それから、声を丸くして拾楽の部屋の腰高障子《こしだかしょうじ》を開けながら、声を掛けた。

「大将、邪魔するよ。おや、さくらはお出かけかい。そいつは寂《さび》しいねぇ」

なあん。

甘えてはいるものの、酷《ひど》く間延《まの》びした返事だ。おてるに対する、いつもの筋《すじ》を通すような挨拶《あいさつ》とはかけ離れている。

拾楽は、出かかった溜息《ためいき》をそっと呑み込み、早速《さっそく》サバに煮干しをやっているおてるへ「それじゃ、お願いします」と声を掛け、腰高障子を閉めた。

仁王門前町《におうもんぜんちょう》へ着くと、既《すで》に平八《へいはち》が寛永寺《かんえいじ》の緑地の前から、「見晴屋」の様子を窺《うかが》っていた。空には、春らしい、柔《やわ》らかな青空が広がり、人出も多い。

「猫の先生」

いち早く平八が拾楽に声を掛ける。平八は、掛井が使っている目明《めあか》しだ。穏《おだ》やかで折り目正しく生真面目《きまじめ》、悪人まがいの感心しない目明しが多い中、奇特な存在である。

拾楽は、「鯖猫長屋《さばねこ》」で起きた騒動や、掛井に押し付けられた面倒事《めんどうごと》で、平八と共に動くことが多い。平八は、掛井に引き合わされた時から、拾楽に対して丁寧に接してくれている。あちこちに潜《もぐ》り込んだり、立ち回りをしたり、何かと胡散臭《うさんくさ》い拾楽を疑《うたぐ》ることもなく、余計なことを尋《たず》ねることもない、律儀な男だ。

夫婦で髪結《かみゆ》いを営《いとな》んでいて、同じ年頃の息子がいるせいか、普段から太市を気にかけている。きっと今も、落ち着いた佇《たたず》まいの裡《うち》で、気を揉《も》んでいることだろう。

二キの隠居は勿論《もちろん》、掛井《かけい》夫婦といい、おてるといい、太市は人気者だ。

拾楽は、平八に寄っていって、そっと訊《たず》ねた。

「親分、どうです」

「しんとしてやす。ですが、どうも妙な様子なんで」

拾楽が目顔《めがお》で問う。平八は更《さら》に声を低くして、答えた。

「母屋で、人の動きがあるようなんでさ」

まさか、仲間が加わったのか。

拾楽がひやりと考えた時、頭の上で羽音《はおと》がして、空を見上げた。

白い鴉が、拾楽と平八の頭上を、こちらを確かめるように掠《かす》めてから、「見晴屋」の左隣の軒先《のきさき》に舞い降りた。紙問屋の大店《おおだな》、「彦成屋」だ。

場所柄《がら》、物見遊山《ものみゆさん》客相手の江戸名所画《え》や、女子《おなご》が喜びそうな匂《にお》い袋や巾着《きんちゃく》、簪《かんざし》などの小間物《こまもの》も扱っていて、午前《ひるまえ》から人で賑《にぎ》わっている。

中には、白い鴉に気づいて軒先を見上げ、何か言い合っている客も見受けられた。

「猫の先生。鴉が、どうかしたんで」

平八に問われ、拾楽は我に返った。軽く笑って首を横へ振る。

「いえ、何でも」

そうですかい、と応じながら、平八は「見晴屋」へ視線を向けた。

「さっきから、ちょくちょく饅頭《まんじゅう》を買いに来た客を見かけやす。閉まってる店に向かって文句《もんく》を言う奴、諦めきれないように幾度か振り返る奴、様々ですが、『見晴屋』さんの饅頭を楽しみにしてるのにゃあ、変わりねぇ」

一刻《いっこく》も早く、二人を助けなければ。

平八の言葉には、そんな決心が滲《にじ》んでいた。

拾楽は、平八の決心を後押しする思いを込めて、言った。

「母屋に人の気配《けはい》があるなら、好都合ですね」

元々は、平八が木塀《きべい》の外から、開いている蔵の明り取りへ向かって「目明しが様子を見に来た」ことをほのめかし、蔵の中を揺さぶる。立て籠っている男が平八に気を取られている間に、拾楽がお智と太市に繋《つな》ぎをとる、という手はずだった。

話せなくてもいい。顔を見せなくてもいい。ただ、拾楽達がこの事態に気づいていることを、伝えられれば。

お智も太市も、少しは安堵《あんど》できるだろう、と。

平八が、力強く拾楽に応じた。

「蔵に立て籠ってると伺《うかが》って、どうしたもんかと思案してやしたが。随分と、揺さぶりやすくなりやした」

「ええ。親分がおいでなら、昼日中《ひるひなか》でも、忍び込んで中の様子を探《さぐ》れるかもしれません」

全《すべ》て心得《こころえ》ているように、平八が言った。

「お任《まか》せくだせぇ。先生が動きやすいよう、きっちり中の奴を引きつけておきやす」

二人は、小さく頷《うなず》き合い、別れた。

平八は「見晴屋」の表口へ、拾楽は裏手の蔵の方へ向かう。

『ごめんよ、誰かいるかい。坂下町《さかしたちょう》の平八だ。お智、誰かいねぇのか。御用《ごよう》の筋だ』

往来の喧騒《けんそう》に紛《まぎ》れ、表口の方から聞こえてくる平八の声に耳を傾けながら、拾楽は人待ちの体《てい》を装《よそお》って「見晴屋」の蔵を窺った。

明り取りの窓の庇《ひさし》に白い鴉がやって来て、留まった。紅《あか》い目が、こちらをじっと見ている。

拾楽は、白い鴉に向けて呟いた。

「お前、気に食わないねぇ」

かーあ。

鴉がひと鳴きしたが、サバやさくらと違い、何を言いたいのか、いや、何か言いたいことがあるのかどうかさえ、さっぱり分からなかった。

『お智さん、いたのかい』

少し驚いたような、平八の声。

『これは、親分さん』

確かに、お智の声だ。

意外に思いながら、拾楽は周《まわ》りに人の気配がわずかに途切《とぎ》れた間を狙《ねら》って、「見晴屋」の板塀《いたべい》を乗り越えた。

平八とお智の遣り取りに、耳を傾けることも忘れない。

『一体、どうなすったんです』

『お前《め》ぇさんは、藤沢《ふじさわ》へ里帰りしてるって聞いたが』

『え、ええ。それが、途中で郷里《さと》の旅籠《はたご》の手代《てだい》に、ばったり会いまして。弟の指図《さしず》で出店《でみせ》を訪ねてくれたものですから、引き返しました』

『その手代はどうした。お前ぇさん、ひとりかい』

『はい。手代はちょっと使いに出て貰っていますが、すぐに戻るかと。皆に暇《ひま》を取らせてしまい、何かと手が足りないものですから』

往来の雑踏《ざっとう》で分かりづらいが「見晴屋」の母屋に、人の気配はふたつ。お智と、もうひとり。

太市ではない。

となると、残りは押し込んだ男。太市は、恐らくまだ蔵の中だ。

後は、蔵に、男の仲間がいるかどうか。

平八がお智に問う声が聞こえた。

『藤沢からやって来た手代ってのは、ひ、ひ、ひとりかい。小、小、小僧やら手代仲間は』

『え、ええ。ひとりです』

拾楽は、薄《うす》く笑った。

さすが、平八親分。痒《かゆ》いところに手が届くようです。

賊《ぞく》は、店先で平八とお智の遣り取りを窺っているだろう男のみ。つまり今、蔵の中には太市ひとりだ。

昨夜、開いたままだった錠前《じょうまえ》が今は掛けられている。錠前破りの技《わざ》を身につけておくのだったと悔《く》やみながら、拾楽は蔵の窓を見上げた。

庇には、人の目を引く白い鴉が陣取っている。往来は人通りが多い。

姿を隠してくれる夜の闇《やみ》は、今はない。

蔵の屋根に上がれば、ほどなく誰かに見咎《みとが》められる。

時も限られている。

拾楽は、少し考えてから、人目を避《さ》けることを止《や》めた。

昨夜と同じように、母屋へ向かう。幸い、人の気配があるのは店先だけだ。

庭の椚《くぬぎ》から、母屋の屋根へ、そこから跳《と》んで、蔵の屋根へ。

明り取りの窓の庇に降りることをせず、懐《ふところ》から紙を、煙草《たばこ》入れの代わりに腰に下げていた矢立《やたて》を取り出した。

運よく立て籠っている男の顔を拝《おが》めた時は、似せ絵を描いて平八に見覚えがないか確かめて貰おうと、持って来たものだ。

へっぴり腰を装い、蔵の屋根から、窓の庇を覗《のぞ》き込み、鴉を写生する振りを始めた。

鴉はこちらを物珍《ものめずら》しそうな顔で見ている。

頼むから、太市とお智さんの敵じゃないなら、そこで大人《おとな》しくしていてくれよ。あたしの考えくらい分かるだろう。サバがあそこまでお前を警戒するんだから。

心の中で鴉に訴《うった》えながら、拾楽はそっと庇越しに、蔵の中へ声を掛けた。

「太市坊」

少し間《ま》を置いて、太市の小さな声が応じた。

「お豆腐《とうふ》顔の先生ですか」

太市は、拾楽の豆腐好きと色白を一緒くたにして、拾楽のことを「お豆腐顔の先生」と呼ぶ。

拾楽は答えた。

「ああ、そうだ。無事かい」

「はい。おかげさまで」

「もうちょっと、辛抱してくれ。すぐ助ける」

「おいらとお智さんは、ご心配なく。大切にしてもらってますから」

攫《さら》われ閉じ込められ、縛《しば》られて、大切、ねぇ。

拾楽は、思わず笑った。

まったく、さすが二《に》キの隠居の世話と手伝いをしているだけあって、頼もしい。

「なんだって、坊だけ蔵に残されてるんだい」

ああ、と太市は笑った。

「おいらが、蔵に残るって言ったんです」

「どうして」

「三人で蔵の中に閉じ籠っていちゃあ、埒《らち》が明きませんでしょう。そろそろ、ご隠居様や皆さんが動いてくださる頃だと思って。あの小父さん、『見晴屋』さんへの押し込みが目当てって訳ではないようだったので、ためしに、自分は蔵で大人しくしてる。錠前も掛けてくれていい。だから、昼間はお智さんと母屋へ出て、早いとこ用を済ませてくれないかって頼んでみたら、上手《うま》く乗ってくれました」

驚いた。頼もしいどころか、空恐《そらおそ》ろしい十六歳だ。いったい二キの隠居は、太市を何者にしようと思っているのだろう。

太市が続けた。

「それより、お豆腐顔の先生。お隣の紙問屋さんに、『白鴉』という、おいらと似た年格好の子が、いませんか」

白鴉だって。拾楽は驚きを抑えて訊き返した。

「そいつが、どうした」

「押し込んできたお人、その子とおいらを――」

「おい、兄さん、そんなところで、何やってる」

ふいに、下から慌《あわ》てた声が掛けられ、拾楽は舌《した》を打った。

潮時《しおどき》か。

早口で太市に「また来る」と伝え、屋根から見下ろす。

こちらを見上げているのは、通りすがりといった、職人風の男だ。

拾楽は、滑稽《こっけい》な程ぎこちない仕草《しぐさ》で町人の方へ向いた。屋根から足を踏み外《はず》した
芝居に、職人が声を上げる。

「あ、危《あぶ》ねぇ」

「す、すみません。手前は画師をしているんですが、白い鴉がいたので、珍しくてつい」

男は、呆れたように笑い、周りを気にしながら言った。

「だからってぇ、他人様《よそさま》の蔵の上によじ登っちゃあだめだろうが。まあ、おいらも仕事ってぇとつい夢中になる性質《たち》だから、兄さんの気持ちは分かるけどよ。役人や他の奴らに見つからねぇうちに、早く降りな。盗人《ぬすっと》と間違えられたら、大騒ぎだぜ」

どうやら、へっぴり腰の芝居は上手くいったようだ。

「は、はい。すぐに。ご親切に、ありがとうございます」

へっぴり腰で瓦《かわら》屋根を伝《つた》う様を暫く見守ってから、職人は離れて行った。

母屋の屋根と庭の木を伝って軽《かろ》やかに飛び降り、拾楽は小さく息を吐《は》いた。

蔵の庇にいた白い鴉は、既に空高く舞い上がり、東へ向かっていた。

外の人の気配が途切れるのを待って板塀を越え、外へ。往来へ出て、寛永寺の仁王門まで離れ、平八を待った。

暫くしてやって来た平八は、呆れた顔をしていた。

「随分、無茶《むちゃ》をなさる」

拾楽は、苦笑《にがわら》いを零《こぼ》した。

「聞こえましたか」

「なんとかこちらの話に引きつけて誤魔化《ごまか》すのに、苦労しましたよ」

平八が、こんな風に文句を言うのは珍しい。目は笑っているところを見ると、掛井《かけい》を通した付き合いではなく、拾楽自身に打ち解けてくれたということなのだろうか。

あたしは、目明しになるつもりも、その手下《てか》になるつもりも、ないんだけどね。

腹の裡《うち》でぼやきながら、平八に告げた。

「思ったよりも目立ちそうだったもので、間抜けな画師になってみました」

生真面目な目明しは、「なるほど」と頷いた。

やっぱり、堅《かた》いなあ。

こっそり苦笑しながら、礼を言う。

「助かりました。中の賊を引きつけてくだすったことも、賊の数をお智さんに訊いてくだすったことも。さすが、親分です」

いいえ、と首を振ってから、平八が訊ねる。

「それで、いかがでしたか」

「太市坊は元気でしたよ。蔵にひとりで閉じ込められてましたが、随分としっかりしてました」

平八の面《おもて》が、曇《くも》った。

「ひとりきりで、可哀想《かわいそう》に」

「そうでもなさそうです」

「先生」

平八が、どういうことだ、という風に拾楽を呼んだ。

太市の話を伝えると、平八は、感じ入ったように頷いた。

「下手《へた》な手下より、目端《めはし》も機転も利きやすね。うちの倅《せがれ》とは比べ物にならねぇ」

平八の息子、久松《ひさまつ》は、母のような腕利きの髪結いに、そして、父のような腕利きの目明しになりたいのだそうだ。平八も髪結いの端くれだが、髪結いの腕は女房《にょうぼう》の方が上なのだという。

「何をおっしゃいますやら。先行き楽しみな坊ちゃんじゃあ、ありませんか。父御《てでご》に似て、真《ま》っ直《す》ぐで、生真面目で」

「いやいや、とんでもねぇ」

平八は恐縮半分、嬉《うれ》しさ半分、という顔で笑った後、厳しい目明しの顔に戻った。

「まずは、ご隠居と掛井の旦那へお知らせに伺いやしょう。詳《くわ》しい話は、道々」

ええ、と拾楽は頷き、平八と連れ立って歩き出した。

拾楽の話で平八がまず引っかかったのが、太市が言った「白鴉」だ。

「先刻《せんこく》、『見晴屋』に白い鴉がいやしたね」

「ええ」

「先生も気になすってた」

拾楽は、少し考えてから告げた。

「ここのところ、よく見かけるんですよ。うちの長屋や『見晴屋』の周りで」

「白い鴉たあ、確かに大層珍しいですが」

小さく頷いて、更に打ち明ける。

「うちのサバが、あの白い鴉を気にしてましてね」

平八は、少し黙ってから訊いた。

「同じ奴でごぜぇやすか」

「恐らく」

ふうむ、と、平八が唸った。

「ついさっき、『見晴屋』の蔵の屋根じゃあ助けてもらいましたが、どうにも見張《みは》られているような気がして、気分が悪い」

ぼやいてから、拾楽は軽く笑った。

「鴉に見張られてるなんて話、成田屋の旦那にしたら、寝ぼけてんのか、じゃなきゃ悪いもんでも食ったか、と叱《しか》られそうです」

確かに、と平八も笑った。すぐに真顔《まがお》に戻り、呟く。

「ですが、サバの大将が気にしてるってんだから、聞き逃《のが》せねぇ」

拾楽は、貧相《ひんそう》ななで肩を、更にすとんと落とした。

「親分まで、長屋の皆みたいなことを言わないでください」

「先生」

「はい」

「目明しなんざやってやすとね。猫だから、人だからってぇ差が、大したことじゃあなくなってくるんですよ。ただ、どんだけ自分の胸《ここ》に響《ひび》くか。ぴんとくるかが、大《で》ぇ事《じ》でね。理屈や思い込みだけをものさしにして決めつけてる時ゃあ、大抵《たいてい》目が曇っちまってる」

盗人と同じですね、親分。

そっと胸の裡《うち》で呟いておいて、拾楽はちらりと笑ってから話を戻した。

「仕舞《しま》いまで聞けませんでしたが、太市坊は多分、自分は『白鴉』と間違えられたんだと、言いたかったようです」

平八が頷いた。

「太市とよく似た年格好だという子ですね。『白鴉』を名乗る奴と、ここのところよく見かけるようになった白い鴉。偶々《たまたま》で片付けるにゃあ、引っかかる。『見晴屋』の隣の紙問屋っていやあ、大店の『彦成屋』だ。そこに『白鴉』がいる」

「今まで、見かけたことはありませんし、お智さんからもそんな話は聞いたことがない」

ううむ、と平八は唸った。

「『彦成屋』を、手下に当たらせやしょうか」

「彦成屋」がどう関《かか》わっているのかも、「白鴉」の正体も、「見晴屋」に立て籠っている男の目論見《もくろみ》も分からない今、こちらの動きに勘づかれるのは、上手《うま》くない。

拾楽は、首を横に振りかけたものの、すぐに思い直した。

「親分の手下に、亀助《かめすけ》さんというお人がいらっしゃいましたね」

平八は少し困った顔で、笑った。目を掛けているのが分かる、温かな苦笑だ。

「おっちょこちょいで忙《せわ》しない、人懐《ひとなつ》こいだけが取《と》り柄《え》の半人前だ。まだまだ使えやせんよ」

「その性分《しょうぶん》が、うってつけではないかと」

腕利きの目明しは、思い当たったように拾楽を見た。

「先生も、お人が悪い」

「失礼を、すみません」

「いいえ、あっしもうってつけだと思いやす。何か適当な理由《わけ》をでっち上げて、亀の奴を『彦成屋』へ差し向けやしょう」

拾楽の考えを、平八は察しているようだ。

半人前とはいえ、平八がしっかり育てている手下である。通り一遍《いっぺん》の探りは、容易《たやす》く入れられる。

人懐こいだけが取り柄、と平八は言ったが、「おっちょこちょいで忙しない」ところがいい方に出る性質《たち》で、亀助は相手を身構《みがま》えさせることなく、するりと話を聞き出す才を持っている男だ。思案をすることが苦手《にがて》な分、見聞きしたことをそっくりそのまま頭に入れる術《すべ》を、平八から叩《たた》き込まれてもいる。

何を探っているのか亀助に伝えなければ、「彦成屋」や「白鴉」にこちらの動きが知れることもないし、亀助が考えなしの分、変に勘繰《かんぐ》られる心配もいらない。

まさに、うってつけ、なのだ。

平八は、小さく頷いて告げた。

「それじゃ、先生は先に深川へ向かってくだせぇ。あっしは、亀の奴に指図をしてから、追っかけます」

「お願いします」

任せろ、という風に小さく頷き、平八は駆《か》け出した。

頼もしい目明しの背中を少しの間見送り、拾楽は深川へ急いだ。

白い鴉の姿が消えたことが、拾楽の心に引っかかっていた。

隅田川《すみだがわ》を東へ渡り、回向院《えこういん》の東へ向かう。

庵《いおり》と呼ばれている二キの隠居の小屋敷《こやしき》、木戸《きど》門のすぐ前まで来て、拾楽は足を止めた。そっと離れ、木戸門の往来を挟んだ向かいの銀杏《いちょう》の木の陰《かげ》から、様子を窺う。

玄関の三和土《たたき》に、太市とよく似た背格好の男子が、こちらに背を向けて立っていた。生成《きな》りの小袖《こそで》に生成りの袴《はかま》。髪は総髪を後ろで緩《ゆる》く束《たば》ねている。肩には白い鴉。

長屋の周りで見た鴉のはずだが、どうにも様子が違う。長屋のおみつが言った、薄気味《うすきみ》悪さが消えているというか、サバのぼんくら振りとは異なるが、今は色が白いだけの、ただの鴉のようだ。

男子を護《まも》るように、玄関のすぐ外に、肩幅の広い大男が仁王像よろしく立っていた。

中では、二キの隠居と掛井が、一段上がった取次《とりつぎ》の板の間から、男子を見下ろしている。

隠居は胸の裡の見えない、穏やかな顔をしているが、掛井は眉間《みけん》に皺《しわ》を寄せ、口をへの字に曲げている。

「『白鴉』ってぇなあ、お前《め》ぇの名か」

掛井が、凄《すご》みの利いた声で男子へ訊ねた。

男子――「白鴉」の穏やかに澄んだ声が、答える。

「名ではありませんが、皆がそう呼びますので、そのように名乗っています」

「それで、『白鴉』さんよ。もう一遍、お前《め》ぇの用向きってのを聞かせちゃあくれねぇか」

言葉の選び様だけは下手《したて》だが、口調《くちょう》は凄みが更に増していて、まだ幼さが残る年頃の男子相手のものではない。

怒ってるなあ。

他人事《ひとごと》のように考えた時、拾楽の後ろから「先生」と、声が掛けられた。平八だ。

拾楽は、振り返らずに平八へ告げた。

「『白鴉』に先を越されたようです」

平八が、「あの子が」と呟く。そうして低い声で続けた。

「大男の方は、厄介《やっかい》ですね」

拾楽は、のんびりと答えた。

「掛井の旦那は、腕っぷしはからっきしですからねぇ」

気配、隙《すき》の無さ、鍛《きた》え上げた背中と腕。

拾楽でも、まともにやり合えば、梃子《てこ》摺《ず》ることになるだろう。

「白鴉」が、あどけない声で告げた。

「私は、そちらのお武家様と違って、本物の千里眼《せんりがん》ですので、行方《ゆくえ》の知れない奉公人の居所《いどころ》を教えて差し上げられる。遠く離れた物事のみでなく、人の心や先行きも見通せる、と申しました」

掛井が、千両役者が見得《みえ》を切る時のように一歩前へ踏み出し、「白鴉」を怒鳴りつけた。

「本物の千里眼だと。寝ぼけてんじゃねぇぞ。ご隠居は――」

「十四郎《じゅうしろう》、止《よ》しなさい」

隠居が、静かに掛井を遮った。小さく首を傾《かし》げ、掛井の啖呵《たんか》の続きを引き取る。

「儂《わし》は、千里眼などではないよ。本物の千里眼の助けを借りるつもりもない。あ、言っておくが、あの子は奉公人ではない。つまりは、お前さんの千里眼も所詮《しょせん》はそれほど止まり、ということだね」

ゆらりと、「白鴉」の身体《からだ》から陽炎《かげろう》が立ち上った風に見えた。細い肩の上で、鴉が二度、三度、羽をはばたかせた。

隠居の方は、本気で腹を立てているのか、「白鴉」を煽《あお》ったのか、定かではなかった。

どちらにしろ、二人とも太市と同じほどの年頃の男子相手に、大人げない。

「白鴉」につき従っているだろう大男を、あまり煽らないでくれ。

だが、拾楽の危惧《きぐ》に反して、大男はぴくりともしない。

「白鴉」の命《めい》がなければ、決して動かないということか。あるいは、「白鴉」に身の危険が迫《せま》らなければ自分の出番はない、ということか。

ふ、と「白鴉」が笑った気配がした。

「奉公人ではない。つまり、お身内ということですか。なのに、行方は知らなくてもいいとおっしゃる」

負けじと、隠居も笑った。

「そうは言っていない。お前さんの力は要《い》らぬ、と言ったまでだ」

「ご自身の千里眼で、既に承知、と」

「お前さんに話す筋合いはない」

隠居が口許《くちもと》に刷《は》いている笑みが、恐ろしい。

「白鴉」の顔は見えないが、二人の間で見えない火花が散っている。

平八が、拾楽の側《そば》で、ごくりと喉《のど》を鳴らした。

先に張り詰めていた気配を緩めたのは、「白鴉」だった。

「分かりました。私の力をご入用《いりよう》ではないようですので、失礼いたします。もしお気が変わられたら、いつでもお声をおかけください。仁王門前町の『彦成屋』さんに逗留しておりますので」

掛井の顔つきが変わった。

「旦那――」

平八が、思わず、と言った様子で呟いた。

拾楽も、腹の中で掛井を止める。

早まらないでくださいよ。

二人の念が届いたのか。それとも、つき従っている大男の殺気に気づいたか。

掛井は三和土に降りる素振りを見せたものの、その場に留《とど》まった。

「『彦成屋』にいるんだな」

怒りを抑えた掛井の問いへ、「白鴉」は挑《いど》むように応じた。

「ええ。『見晴屋』さんの隣です」

「白鴉」は頭を下げた。

かーあ。

肩の白い鴉がひと鳴きし、羽をはためかせた。

振り向いた「白鴉」は、ほんのりと笑っていた。女子のように、たおやかに整った顔立ち。驚いたのは、左目が、白い鴉と同じ、紅い色をしていたことだ。右の目は、暗い茶だ。

「井蔵《いぞう》、失礼しようか」

「白鴉」に促《うなが》され、それまで岩のように動かなかった大男――井蔵が、小さく頷いた。

滑《すべ》るように進む「白鴉」の数歩後ろを、のし、のし、とついて行く。

人目を引く二人連れを見送りながら、平八が囁いた。

「行っちまいやしたね。こっちをちっとも見なかった」

拾楽も、二人の背中を見ながら答えた。

「恐らく、気づいてはいたでしょう」

「おいこら、お前らっ」

掛井のがなり声に、拾楽と平八は、首を竦《すく》め顔を見合わせてから、隠居と掛井の許《もと》へ向かった。

「こそこそ見物なんぞしやがって。さっさと、加勢のひとつもしに来やがれってんだ」

「八《や》つ当たりはみっともないよ、十四郎」

二キの隠居にやんわりと窘《たしな》められ、掛井は、しぶしぶ、といった顔で口を噤《つぐ》んだ。

隠居が、拾楽と平八を促した。

「中で話を聞こう」


太市の様子を伝えると、隠居も掛井も、ほっとしたように息を吐いた。

拾楽は、隠居に詫《わ》びた。

「太市坊を連れて帰れませんでした。役立たずで申し訳ありません」

隠居が、まじまじと拾楽の顔を覗き込んだ。

「熱でもあるのかい。猫屋が殊勝《しゅしょう》なことを言い出すなんて」

さすがに、軽口《かるくち》で返す気にはなれない。

拾楽は、この飄 々《ひょうひょう》としている隠居が、太市を大層慈《いつく》しんでいることをよく知っている。

二キの隠居は、軽く笑った。

「あの子なら、心配いらない。普段から儂《わし》の手足として働いてくれているからね。賊も上手くあしらっているようだし」

ええ、と拾楽は頷いてから、話を進めた。

「『白鴉』という男子は、どういった経緯《いきさつ》で」

掛井は、不機嫌《ふきげん》に押し黙っている。隠居が、ひょい、と肩を竦めた。

「経緯も何も、いきなり訪ねてきて、自分と同じような年頃の奉公人が行方知れずの筈《はず》だ、と言い出したんだ。猫屋が来る少し前のことだよ」

それで、あの白い鴉は「見晴屋」から東へ飛び去ったのかと、拾楽は思い至った。先に深川へ向かっていた主《あるじ》を追ったのだ。

掛井が唸った。

「ご隠居を、妖怪の出来損《できそこ》ないみたいに言いやがって」

すかさず、隠居が掛井に言う。

「妖怪の出来損ない、なんて、言ってたっけかねぇ」

どぎまぎと、掛井が取り繕《つくろ》った。

「みたい、ですよ、みたい」

どこか重苦しかった座が、ふう、と緩んだ。

平八が、軽く笑いをかみ殺してから切り出した。

「あの男子に、喧嘩《けんか》を売られたってことでしょうか」

うん、と隠居はあっさり頷いた。

「自分が、太市とお智の命を握ってるとでも言いたかったのだろう」

拾楽は口を挟んだ。

「ただ、ご隠居様より自分が上だと、伝えに来たのかもしれませんよ」

隠居が、軽く顰《しか》め面《つら》をつくった。

「あの子と遊んでやるつもりは、ないんだが」

それから、考え込むようにして呟いた。

「少し、気を付けて動いた方がいいかもしれない」

平八と拾楽は、小さく頷いた。何も答えない掛井を見て、隠居が釘《くぎ》を刺《さ》す。

「いいね、十四郎」

ようやく、しぶしぶといった風に、掛井が「承知」と応じた。

拾楽は切り出した。サバの様子がどうしても気になった。

「一度、長屋の様子を見て来ます」

隠居が頷いた。

「あの白い鴉、お前さんの長屋に纏《まと》わりついてたんだっけね。行っておいで」

拾楽は一礼をして、立ち上がった。

取次の板の間から式台へ降りたところへ、二キの隠居が追ってきた。

「猫屋」

「何でしょう」

「『白鴉』、お前さんはどう見る」

拾楽は確かめた。

「どう、とは、千里眼の話ですか」

わざわざ追いかけてきたのは、掛井を避けたのだろう。

隠居が少し悪戯《いたずら》な色を混ぜて笑んだ。

「十四郎は今、普段以上に化《ば》け物やら妖《あやかし》やらに腹を立てているからね。話を邪魔されても面倒だ」

で、どう見るんだ、という風に視線を向けられ、拾楽は告げた。

「うちのサバが警戒《けいかい》していますから、ただの人、ただの鴉ではないでしょう。ただ」

いささか突拍子《とっぴょうし》もない見立てに、少し言い淀《よど》んだ拾楽を、隠居が「続けなさい」と促した。

拾楽は、ただ、と繰り返した。

「先刻の白い鴉、どうもただの鴉にしか見えませんでしたので、あるいは、鴉の目を通して視る力があるのやも」

「そういう妖は、いるのかい」

さあ、と拾楽は首を傾《かし》げた。

「豊山《ほうざん》さんに訊いてみましょうか」

「いや、いい。下手《へた》に巻き込んでは可哀想だからね」

それから、二キの隠居は小さく頷いた。

「儂が、当たってみよう」

「千里眼の出番ですか」

拾楽の言葉に、隠居が顔を顰《しか》めた。

「深川でのことなら、当たるまでもなく、とうに摑《つか》んでいたろうに」

冗談《じょうだん》めかした言い方に、自《みずか》らの不甲斐《ふがい》なさへの隠居の苛立《いらだ》ちが滲んでいた。

妖《あや》しげな男子が「彦成屋」にいると摑んでいたら、太市を「見晴屋」へ使いに出すことはなかった。

この隠居はそう思っているのだ。

拾楽は、黙って頭を下げ、深川を後にした。

白い鴉は、早速長屋に戻っていた。豊山の部屋の上の屋根から、帰ってきた拾楽を見ている。

急いで部屋に入ると、サバとさくらは、畳んだせんべい布団の上で仲良く寄り添い合い眠っていた。

呑気《のんき》な姿に、ほっとする。

しばらく二匹を眺めていると、わあわあと、言い争う声が聞こえてきた。

サバは、頑《かたく》なに「ぼんくら」な振りで、外の方へ耳を向けることもしない。さくらは早速顔を上げ、

――何、なに。玩具《おもちゃ》が来たの。

とばかりに、長い尾をぴんと立て、腰高障子をうきうきと見つめている。

やれやれ、と軽く笑って、拾楽は部屋を出た。さくらも一緒に出てこようとしたが、

「お前はだめ」

と、部屋へ返した。

白い鴉は先刻と変わらず、豊山の部屋の屋根で羽繕《はづくろ》いをしている。

すぐにおてるが顔を見せ、遅れて豊山の部屋の腰高障子が開いた。

かあ、と鴉が鳴いたのに驚き、豊山が屋根を見上げた。

平八が、掛井の背中を押しながらこちらへ向かってくる姿が見える。

二人とも、深川で別れたばかりだ。

掛井が、飛び切り大きな声で喚《わめ》いた。

「猫屋の手なんざ、借りねぇ」

おてると拾楽は、顔を見合わせた。

おてるが呟く。

「なんだか知らないけど、成田屋の旦那、また先生の手を借りたいみたいだね」

おてるさんにも言葉の裏を読まれてしまう定廻同心《じょうまわりどうしん》ってのは、どうなんだろうねぇ。

苦笑いをかみ殺しながら、二人がやって来るのを待った。「鯖猫長屋」の木戸を潜《くぐ》りながら、平八が掛井を宥《なだ》める。

「そんなことおっしゃったって。旦那が、どうやってあの大男をお縄《なわ》にするっていうんです」

ぴたりと、掛井が立ち止まって振り返った。

「なんとかなる」

飛び切り苦い溜息を、平八が吐いた。

「旦那《だんな》が逃げちまったら、なんともなりやせんぜ」

「お前《め》ぇがいるじゃねぇか」

「あっしひとりで、あの野郎《やろう》を、ですかい」

「平八。お前、可愛《かわい》げがなくなって来たぞ。猫屋に似てきたんじゃねぇのか」

おてるが、腰に手を当て、ぐいと胸を張り、二人の遣り取りに割って入った。

「ちょいと、旦那、親分。他人《ひと》の長屋でじゃれ合わないでくださいな」

ぴしゃりと「鯖猫長屋」の纏《まと》め役に窘められ、二人が口を噤む。

呆れ笑い混じりで、拾楽は掛井に言った。

「辛抱強い親分が、あたしみたいな可愛げのない物言《ものい》いをするのは、旦那が無理をおっしゃるからでしょうに」

平八が、げんなりした顔で拾楽に訴えた。

「猫の先生、旦那を止めてくだせぇ。乗り込むっておっしゃって」

おてるが、拾楽と平八を見比べた。

拾楽は、掛井を促した。

「いつもの甘酒屋《あまざけや》へ、行きますか」

掛井が、豊山の部屋の方を見遣《みや》った。

屋根の上で、白い鴉がこちらをじっと見ている。その姿を、豊山がしげしげと眺めていた。これはいよいよ、長谷川豊山の「化け物や妖が山ほど出て来る物語」に、白い鴉も登場しそうだ。

掛井は、白い鴉を見据《みす》えたまま、告げた。

「いや、ここでいい。猫屋の部屋を貸せ。鴉に人の言葉が分かるんなら、聞いてみやがれってんだ」

平八と拾楽は、やれやれ、と顔を見合わせた。

鴉と張り合うとは、まったく大人げない。

とはいえ、あれがただの鴉ではないことは、恐らく間違いのないことで。

拾楽は少し考えてから、「どうぞ」と、部屋へ掛井と平八を招き入れた。

おてるが、さらりと告げる。

「それじゃ、ごゆっくり。話が終わった頃、お茶をお持ちします」

拾楽は苦笑いをおてるに向けてから、腰高障子を閉めた。

こっそり、二人に釘を刺す。

「普段通りに話すとおてるさんには、聞こえちまいます。他のことなら、おてるさんは心配いらないが、太市坊となるとちょっと話は違いましてね」

太市はどこでも可愛がられる。それは「鯖猫長屋」の店子《たなこ》達も同じで、取り分け、子のないおてるは太市を気にかけている。

分かってる、と掛井は答え、平八はしんみりした様子で頷いた。

四畳半の隅《すみ》、せんべい布団の上では、サバとさくらが、揃《そろ》って二人の客を眺めていた。

サバの榛色《はしばみいろ》の瞳《ひとみ》からは、相変わらず何も読み取れない。どこに視線を当てているのかも、定かではない。

さくらは、身体《からだ》を低く伏せ、金色の目をきらきらと輝かせて掛井の様子を窺っている。

――やった。来た、玩具。

そんなわくわくが伝わってきて、拾楽は笑った。

だが、掛井は、

「よう、大将。さくら」

と声を掛けたのみで、腰から刀を抜き、胡坐《あぐら》を掻いた。

さくらもあっさりしたもので、

――なーんだ、遊ばないのか。つまんない。

と言う風に、小さく、にゃん、と鳴き、傍《かたわ》らのサバに寄り添って丸くなった。

拾楽は声を低くして、掛井と平八に訊ねた。

「で。念のため伺いますが。乗り込むって、どこに乗り込むつもりです」

平八が、苦い息を吐いた。

掛井は、格好だけは大威張《おおいば》りで囁いた。

「猫屋が手伝わせてくれってんなら、仕方ねぇ。選ばせてやるぜ。『見晴屋』でも『彦成屋』でも、好きな方を言え」

「まったく。深川で得心《とくしん》なすったばかりなんじゃあ、ないんですか」

掛井は、おてるのように胸を張った。

「おお。あん時はな。だが、亀助の話を聞いて、気が変わった」

どういうことです、という問いを込めて、拾楽は平八を見た。

隣に声が聞こえないように、むさくるしい中年男が三人、四畳半の真ん中で頭を寄せ合い、こそこそ話している姿が面白《おもしろ》かったのか、さくらがやって来て、三人で囲まれた狭《せま》い隙間《すきま》に入ってきて丸くなった。

掛井がさくらを、よしよし、という風に撫《な》でる。

――へぇ、遊んでくれるんだ。

さくらがそんな様子で耳を立てた。さっと野郎の「囲い」から抜け出すと、掛井の後ろに回り、黒巻羽織《くろまきばおり》の背中へよじ登る。先ほどまでの剣幕《けんまく》の「芝居」はどこへやら、掛井の鼻の下は伸び放題だ。

冷ややかに、拾楽は告げた。

「旦那。さくらと遊びに来たんなら、帰って貰えませんかね」

「俺が遊んでるんじゃねぇ。さくらが遊んでるんだ」

「はいはい。で、親分。亀助さんはどんな話を仕入れてらしたんです」

平八が小さく頷いて、切り出した。

「ご承知の通り、『白鴉』は深川へ来てやしたんで、亀の奴は会えなかったんでございやすが、その分『彦成屋』からはたんと話を聞いて来やした」

平八は、昨日近くで起こった掏摸《すり》のことを訊きに、亀助を「彦成屋」に差し向けたのだそうだ。ついでに、ふと思い出した体《てい》で、「彦成屋」の近くで白い鴉を見かけたことを告げた。

話し好きで迂闊《うかつ》、人好きが取り柄の亀助なら、嬉々《きき》としてその話を「彦成屋」でするはずだと、平八は踏んだ。

おっちょこちょいの手下は、親分の目論見《もくろみ》通り、「彦成屋」で「白い鴉」の話を持ち出した。恐らく「彦成屋」の主や奉公人は、何の疑いも持たず楽しげな目明しの手下の話に乗っただろう。

そうして、「彦成屋」の主が得意げに打ち明けてくれたのだそうだ。

実は、京で評判になっている、有難《ありがた》い「天狗《てんぐ》の子」を呼び寄せたのだ、と。

『神のお使いだという白い鴉を連れておいでの御方《おかた》でしてねぇ。商《あきな》いの先行きやら、娘の良い嫁《とつ》ぎ先やらを見ていただこうとお呼びしたんでございます。まずは身内のことから、その後は折角《せっかく》京からお招きしましたので、千里眼のお助けをお望みの方との橋渡しを、と思っておりましたんです』

そうして、番頭が少し意地の悪い顔で、こう続けたのだという。

『なんですか、深川辺《あた》りでは、千里眼を名乗るご隠居様がおいでのようですが、白鴉様が仰《おっしゃ》ることには、あちらは似非《えせ》だ、真《ま》に受けてはいけない、と』

なるほど。

拾楽は頷いた。

「二キのご隠居が貶《おとし》められたから、旦那は怒ってる、と」

ええ、と平八が頷いた。

掛井は、おてるの部屋と繋がっている壁をちらりと見てから、低く唸るように吐き捨てた。

「あんの、くそ餓鬼《がき》、胡散臭《うさんくせ》ぇ手前《てめ》ぇとご隠居を一緒くたにしやがって。しかもなんだ、ご隠居は似非で、手前ぇは本物だってか。手前ぇが勝手に張り合うなら、勝手にしろってぇとこだが、そいつを言いふらすなんざ、性根《しょうね》が曲がってやがる」

拾楽が、呆《あき》れ混じりで宥める。

「旦那。ご隠居が胡散臭い奴に仲間扱いされたことと似非と言われたこと、一体、どっちに腹を立ててるんです」

「どっちもだ、馬鹿《ばか》野郎」

拾楽はうんざりして、平八に囁いた。

「ご隠居は、旦那を止めてはくださらなかったんですか」

「呆れておいでしてねぇ。『どうせ猫屋が止めるだろうから、好きにさせておきなさい』、と」

疲れた口調で言ってから、平八は腕を組んだ。

「まあ、旦那が『白鴉』に腹を立てるのも、分からねぇでもねぇ。太市みてぇに敏《さと》い子なのかと思ったら、ご隠居と張り合ってむきになってやがる。これじゃあ、小《ち》っちぇえ子供の喧嘩だ」

まったく、どいつもこいつも。

ぼやきたい気持ちをぐっと抑えて、平八を窘めた。

「親分、旦那をその気にさせないでください」

「こいつは、すいやせん」

拾楽は、掛井を見た。

目が据《す》わっている。

「止めたって、聞かねぇぞ」

「『見晴屋』を下手《へた》に突《つつ》けば、太市坊とお智さんが危《あぶ》なくなるんですよ」

「だったら『彦成屋』へ踏み込んで、あの餓鬼をしょっ引くか」

「何の咎でしょっ引くんですか」

「しょっ引いてから考える」

「『彦成屋』さんが、黙ってはいないでしょうに。大騒ぎになったら『見晴屋』にいる敵を逆《さか》なですることになります」

「じゃあ、やっぱり先に『見晴屋』をすっ、、、きりさせるか」

「旦那」

掛井が、小さく息を吐いた。

「何も、頭に血が上っただけで、こんなこと言ってるんじゃねぇ」

平八と拾楽は、再び顔を見合わせた。

掛井が続ける。

「お智と太市を、このままにしちゃあおけねぇだろう。そろそろ気持ちが参ってくる頃だ。ろくなもん食ってねぇだろうし、明け方は冷える。『見晴屋』に立て籠ってる奴も『彦成屋』にいる餓鬼も、確かに、何が目当てか分からねぇ。だが、分からねぇ、分からねぇって、手をこまねいてても埒《らち》が明かねぇじゃねぇか。だったら、どっちか一方でも片付けちまやあいい」

そうだ、と掛井が頷いた。

「やっぱり、『白鴉』の野郎をしょっ引いちまえ。あんな細っこい奴なら、猫屋と平八がいなくたって、俺ひとりでどうにかなる。ふん縛《じば》って、『見晴屋』へ放り込む。太市と『白鴉』を間違えたってんなら、目当ての奴を差し出しゃあ二人を返すだろう。一石二鳥《いっせきにちょう》じゃねぇか」

無茶苦茶《くちゃ》だ。

拾楽は思ったが、掛井は本気で腹を据えているようだ。いい手を思いついたと言わんばかりに、満足そうに頷いている。

そして、拾楽もまた、心の隅で頷いてしまったのだ。

そんな手があったか、と。

拾楽のほんの僅《わず》かな隙を突くように、掛井が立ち上がった。

誰かが、ち、と舌打ちをした、ような気がした。

部屋の隅に目を遣《や》ると、サバがこちらを見ていた。

榛色の瞳に、剣呑《けんのん》な光が宿っている。

掛井に纏わりついていたさくらが、サバの許へ跳ぶように走って戻った。

――まったく。何が起きても知らないぞ。

脅《おど》された。

なのに、嬉しさと安堵を感じている自分を、拾楽は笑った。

せんべい布団の上から畳《たたみ》へ、サバは軽やかに降り立ち、拾楽と違って心配そうにしているさくらへ、ちょん、と鼻を向けた。

「お帰り、サバや」

拾楽が声を掛けると、サバはすたすたと拾楽達の方へやって来た。

「お、サバ公。ぼんくらは止めか」

からかった掛井をぎろりと睨《にら》みつけ、しっかり爪《つめ》を出した足で、拾楽の膝の上へ飛び乗る。
「あいた」
思わず悲鳴を上げた拾楽を、サバが見た。
瞳に、微《かす》かな青が過《よぎ》る。
やはり容赦《ようしゃ》なく爪を立て、膝の上から降りる。
そのまま土間へ降り、ひょい、と腰高障子を前脚《まえあし》で開け、外へ出た。
ついて行こうとしたさくらを、
――お前は来るな。
そんな風に、低くひと鳴きして押し留めた。
拾楽は、サバを追った。掛井と平八も続いた。
拾楽の部屋の戸が開いたことに気づいたのだろう、おてるが顔を出した。
サバは、拾楽の部屋の壁をするすると登り、板屋根を走った。
長屋の奥、豊山の部屋の上で羽繕いをしていた白い鴉に向かって。
よそ見をしていたのか、油断をしていたのか。
鴉がサバに気づくのが、遅れた。
かあ、と鋭《するど》く鳴き、白い羽をはばたかせた時には、既にサバは鴉に跳びかかっていた。

拾楽の膝を踏んだ鋭い爪が、鴉を襲《おそ》う。

白い羽が二枚、三枚と舞い散った。

「ほれぼれする身のこなしだね」

おてるが、呟いた。

ぎゃあ、ぎゃあ。

鴉が激しく鳴きながら一旦《いったん》飛び立ち、勢いを付けるようにして、サバ目掛けて真っ直ぐに舞い降りた。

大きく鋭い嘴《くちばし》が、サバを狙っている。

真っ直ぐ向かってきた鴉を、サバはひらりと横へ避け、流れるような動きでその喉笛《のどぶえ》に噛《か》みついた。

また、白い羽が散る。

鴉が、羽をばたつかせた。

ぎゃーあ。

悲鳴のような鴉の鳴き声。サバが、ふ、と鴉を離した。

よろめきながら、白い鴉は飛び立った。

そのまま、長屋から離れていく。

弱々しいながらも、自力で逃げたところを見ると、サバは手加減《てかげん》をしたらしい。脅しだろうか。あるいは警告か。

ともかく、白い鴉の目を避け、頑《かたく》なに通していたぼんくらを止《や》め、サバは喧嘩を売ったようだ。

多分「白鴉」に対して。

サバは、白い鴉が飛び去った方を暫く見据えていたが、軽やかに屋根から降りてきた。

部屋にいたおみつと豊山が、そろりと腰高障子を開けて顔を覗かせた。

おてるは大喜びだ。

「やっぱり、大将は強いねぇ」

豊山とおみつが、部屋から出てきておてるに近づいた。豊山が少し残念そうに異を唱《とな》える。

「でも、珍しい白い鴉ですよ。大将に追い払われたんじゃあ、もう来ないかもしれない」

おみつが、言った。

「あたしは、助かったな。あの鴉、ちょっと気味が悪かったもの」

店子がそんな遣り取りを交わしている傍らで、掛井は呑気な様子で、サバに軽口をたたいている。

「なんだ、食っちまえばよかったのに」

拾楽は思わず文句を言った。

「誰のせいで、サバが鴉と喧嘩をする羽目《はめ》になったと思ってるんです」

「何だ、俺のせいか」

「旦那が無茶を止《や》めないから、サバが出張《でば》るしかなかったんでしょうに」

うなーおう。

サバが、凄みの利いた声でひと鳴きした。

さしずめ、

——うるさい、黙れ。

か、

——どっちの子分も、使えない。

というところ、いや、その両方だろう。

そのまま、長屋の外へ駆けていく。

「付いてこいって、言ってるぜ」

　掛井が言うや、サバを追った。

　多分違うと思うんだけどなあ。

　拾楽は考えながらも、掛井、平八と共にサバについて駆け出した。

「行っといで」

　おてるの明るい声が、三人の男を送り出した。


　まったく、サバは足の速さにも、容赦がない。更に、こちらがついてきているのを知っていて、人間が通れない細い抜け道やら、屋根の上やらを使うから、始末に負えない。

　サバに連れられてやって来たのは、拾楽が踏んだ通り、「見晴屋」の前だった。

　掛井は肩で息をしているし、平八も息が上がっている。

　掛井が、恨《うら》めし気《げ》に拾楽を見遣った。

「しれっと涼《すず》しい顔しやがって。化け物《もん》か」

「旦那、化け物は信じない性質《たち》じゃあなかったんですか」

　言い返していると、にゃーお、とサバに叱られた。

サバは、拾楽がこの二日で出入りした「見晴屋」の裏手、蔵の近くの板塀の前で立ち止まり、こちらをじっと見ている。

拾楽が近づくと、サバが跳んだ。

踏み台代わりにと咄嗟《とっさ》に曲げた腕から肩、そして板塀の上へ、軽やかに駆け上がり、不機嫌な目でこちらを見下ろしている。

す、とサバが蔵の明り取りの窓を見上げ、また拾楽へ視線を戻した。

――蔵《こ》の中は、面倒見ておいてやる。

つまりサバは、太市は宥めておくから、早く立て籠っている賊をどうにかしろと、拾楽を促しているのだ。

また、顎《あご》で使われてしまった。

拾楽が苦笑いを零した時、掛井が弾《はず》んだ声で言った。

「お、サバ公がついてこいって、言ってるぜ。早速『見晴屋』へ乗り込むか」

うあーおう。

鼻に皺を寄せ、サバが唸った。

平八が、呟いた。

「今のは、あっしにも分かりやした。旦那、『大間違い』だそうです」

むっつりと、掛井が応じた。

「分かってら」

よし、という風に、サバが軽く身体を震わせた。

ひょい、という程の軽やかさで、板塀の上から蔵の白塗《しろぬ》りの壁に飛びつき、するすると窓へ向かって上り、瞬《また》く間に蔵の中へ消えていった。

遠く、小さく、太市の弾む声が漏れ聞こえてきた。

元気そうだ。

拾楽は小さく頷き、掛井と平八に向き直った。

「ちょいと、中を見てきます」

途端《とたん》に、掛井が張り切った。

「おう、乗り込んでしょっ引くか」

「旦那」

平八が、掛井を窘めた。

拾楽は小さく笑った。

「いずれ、しょっ引かなくてはなりませんが、ともかくどこのどいつかだけでも知らなければ」

にやりと、掛井が笑い返した。

「サバ公が動き出した途端、猫屋もやる気になったか」

「何とでも言ってください」

サバが重い腰を上げてくれたのには、確かにほっとした。得体《えたい》のしれない鴉とその飼い主が関わっているからには、サバがいてくれると頼もしいのも本当だ。

だが、それよりも拾楽は、焦りを感じていた。

サバがぼんくらの振りをしていたのには、「白鴉」が妖しげな力を持っている、というだけではない訳がある。

「白鴉」を追い払ってからここまで、サバは急いでいるように感じた。

「見晴屋」の騒動を早々に収めた方がいい。その先にまたひと騒動起きる。そういうことだという気がしたのだ。

平八が、小さく頷いた。

「この辺りの人通りは、遮《さえぎ》っておきやす、先生」

「助かります。旦那は、くれぐれも大人しくしていてくださいよ。どうせ、立ち回りには首を突っ込まないんでしょうから」

おおよ、と応じた掛井は、大威張りだ。

サバのようにはいかないが、拾楽は板塀を乗り越え、「見晴屋」の内へ身を滑らせた。

母屋の店の方に、人の気配が二つ。今朝《けさ》忍び込んだ時と変わらない。

蔵の近くから居間《いま》へ入り、屋根裏へ上がって人の気配を辿《たど》る。お智と立て籠り男は、店の作業場にいた。

お智は縛られてもいないし、刃物で脅されている訳でもない。作業場の板の間に、居住まいを正している。普段、「見晴屋」の店先で見かける姿と同じだ。

立て籠り男は、お智から少し離れたところ、壁に寄りかかって座っている。歳《とし》の頃は声から拾楽が踏んだ通り、二十五、六。上背《うわぜい》はなさそうだが、しっかりした身体つきをしている。目つきを見る限り、押し込みをするような性分《しょうぶん》には見えない。

左の眉根の脇《わき》にある大きな黒子《ほくろ》が、目を引いた。

「呆れた」

お智が呟いた。

ぽつりと、立て籠り男が呟いた。

「俺も、そう思う」

「もう少し、他のやり様《よう》がなかったんですか」

「仕方ねぇ。俺は考えるのが苦手なもんでね」

お智が少し間を置き、真摯《しんし》な物言いで訊ねた。

「今からでも、思い直すことはできませんか」

ふ、と男が笑った。

「今、手を引いちまったら俺はただの押し込みだ。それじゃあ、お、お、お嬢さんの先行きを閉ざして仕舞いさ。悪《わり》ぃが手は引けねぇ。心配すんな。あの坊主もお前さんも、傷ひとつ付けねぇよ。このまま大人しくしててくれりゃあな」

それきり、お智も男も口を噤んでしまったので、拾楽はそっと母屋から出た。


それから、蔵の様子を少し窺って、拾楽は木塀を越えた。

待っていた平八が、そっと訊いた。

「どうでした。何か分かりましたか」

「残念ながら、ひと足遅かったようです」

掛井が顔色を変え、拾楽に迫った。

「どういうこった」

「旦那、ですから、近いですって」

からかうのじゃなかった。

うんざりしながら、拾楽は急いで言い添えた。

「立て籠り男、母屋の作業場で、お智さんにこんな騒動を起こした理由《わけ》を話してい
たようなんですが、肝心《かんじん》なところは既に話し終わっていたようで、詳しいことが聞
けませんでした」

掛井が繰り出した拳《こぶし》を、おっと、と拾楽は躱《かわ》した。

成田屋が、凄んだ。

「このやろ、脅かすんじゃねぇ」

拾楽はちょっと笑って、すみません、と詫びた。

掛井も平八も、拾楽の顔つきから、切羽《せっぱ》詰まった話ではないとは、勘づいていた
筈だ。

「お智さんは、実にしっかりしていた。立て籠り男を諭《さと》してましたよ」

掛井が小さく息を吐く。

「すっかり、小っちぇえおてるみてぇになっちまったな」

「まったくです」

と拾楽は応じて、続けた。

「太市坊も、今のところ心配なさそうです。サバが来たことで、随分と気持ちが和《なご》んだのか、柔らかな笑い声が聞こえてきましたから」

掛井が訊く。

「お前《め》ぇは、励ましてこなかったのかい」

「サバがいりゃあ、あたしの出番はありません」

「なんだ、僻《ひが》みか」

「猫相手に僻んでどうするんですか。太市坊の気を緩め過ぎても、かえって辛《つら》くしちまいます。今すぐ、助け出してやれる訳じゃあない」

掛井の目が、きらりと光った。

「お智と二人、のんびりしゃべってたんなら、お前《め》ぇひとりでとっ捕《つか》まえられたんじゃねぇのか」

拾楽は、ちらりと「見晴屋」を見遣り、二人を促した。

「いつもの甘酒屋へ行きませんか。ここじゃあ色々うまくない」

「鯖猫長屋」近く、根津権現《ねづごんげん》門前の目抜き通りを脇に入った先に、おんぼろの甘酒屋がある。

愛想《あいそ》のない親爺《おやじ》がひとりで営んでいる店で、人に聞かせたくない遣り取りをする時、掛井は決まってここを使う。

座るたびに、厭《いや》な軋《きし》み方をする縁台に落ち着くと、掛井が切り出した。

「すごすごと戻ってきた訳は、なんだ」

「虫の報《しら》せ」

拾楽は答えた。

掛井の言う通り、あの様子なら、その場で飛び降りて立て籠り男を捕えることは出来ただろう。

だが、首の後ろのちくちくとした痛みが、拾楽を止めた。

今、あの男を捕えてはいけない。

下手に藪《やぶ》を突《つつ》いたら、きっと厄介な何かが顔を出す。

掛井は、束《つか》の間《ま》黙ってから、首の後ろを乱暴に擦《こす》った。すぐに、

「そうか」

とだけ言った。

拾楽が、おどけて訊く。

「おや、分かっていただけるので」

「お前ぇの、そういう勘だからな」

つまり掛井は、こう言いたいのだ。

盗人「黒ひょっとこ」の勘は、信用できると。

こういう時、余計な口を挟まない平八の性分は、有難い。

掛井が、話を変えた。

「それで、何か分かったのか」

「ええ」

拾楽は、お智と立て籠り男の遣り取りをざっと話し、矢立と紙を取り出しながら、付け加えた。

「顔もしっかり拝みましたよ」

さらさらと、男の人相《にんそう》を描き、仕上げに左眉根の脇に、大きな黒子を付ける。

「こいつは」

平八が、声を上げた。

「知ってんのか」

掛井が訊く。

生真面目な目明しは、少し言い淀んでから、静かに告げた。

「名は寅次《とらじ》。南町《みなみまち》の旦那から十手《じって》を頂戴《ちょうだい》してる目明し長兵衛《ちょうべえ》の手下でさ」

＊

「彦成屋」の奥、客間で「白鴉」は、膝の上にいる白い鴉の頭を、そっと撫でた。

肩で短く切り揃えた白髪《はくはつ》が、庭から差し込む春の日差しに、淡《あわ》く輝いている。

傍らには、艶《つや》やかな黒髪の鬘《かつら》が無造作《むぞうさ》に転《ころ》がっていた。深川へ行った時に、着けていたものだ。

「酷い目に遭ったねぇ、焔《ほむら》。しばらくは、飛ばない方がいいよ」

白い鴉が、かあ、と甘えるように鳴いた。

「白鴉」の紅い左目が、物騒《ぶっそう》な光を放つ。

「猫のくせに、芝居なんかして。やっぱり、あの猫が鍵になりそうだ」

かあ。

鴉がまた鳴いた。

「白鴉」が楽し気に呟く。

「あいつ、邪魔だねぇ」

それから、思い出したように庭の外へ視線を向けた。鴉を撫でながら、ひとりごちる。

「隣の饅頭屋さん、騒ぎが起きそうにないね。残念だなあ。お前の目が使えない分、いっそのこと無茶をしちゃおうかな、と思ったんだけど」

くすくすと、「白鴉」は笑った。

「ねえ、楽しいと思わないかい。立て籠った男をあいつらが捕まえて、あの子と饅頭屋の女将を無事に助けて、皆でほっとしたところへ、風と火を起こす。饅頭屋も、この紙問屋も、火に包まれて、みんな燃える」

「白鴉」は、楽し気に笑っている。

「本当に、残念だよ」

其の三　縁を結んだ犬

母屋《おもや》、作業場

「見晴屋《みはるや》」の立て籠《こも》り男――目明《めあか》しの手下《てか》、寅次《とらじ》は、饅頭《まんじゅう》づくりの作業場で黙々《もくもく》と握り飯《めし》をつくるお智《とも》を見張りながら、思いを巡《めぐ》らせていた。

半端者《はんぱもの》の寅次を手下として使ってくれた長兵衛《ちょうべえ》のような、目明しになりたいと思っていた。

半端者だった来《こ》し方を卑下《ひげ》することもなく、隠すこともなく、むしろそこを使ってお役目をこなす。それが一番手っ取り早いとなれば、袖《そで》の下も使うし、相手を脅《おど》すことも厭《いと》わない。全《すべ》てお役目の為《ため》だ。したたかな長兵衛は、寅次の憧《あこが》れだった。

目明しは、脛《すね》に傷を持つ者が多い。だから、一心に長兵衛の許《もと》で働けば、きっと、かっぱらいや強請《ゆす》りにたかり、しみったれた悪事ならおよそのところは手を付けてきた自分でも、目明しになれるかもしれない。

それがここ数年、寅次の生きる支えになっていた。

お嬢さんと巡り合えたのも、長兵衛の手下をやっていたからだ。

だがそれも、もう終わる。

自分はきっと、お縄《なわ》になるだろう。

押し込みを働けば――寅次はそんなつもりはなかったが、傍《はた》から見れば、立派な押し込みだ――目明しにはなれないどころか、何も盗《と》らなくても、人を傷つけなくても、きっと死罪だ。

それでも構《かま》わない。

寅次は、考えた。

こうすると決めた時から、覚悟はできている。

だから、今更《いまさら》引けない。

お嬢さんの行く末の妨《さまた》げになるものを、全て取り払うまで。

＊＊＊

「見晴屋」に立て籠っているのは、寅次という男。南町《みなみまち》奉行所《ぶぎょうしょ》の同心《どうしん》が使っている目明し、長兵衛の手下だった。

早速《さっそく》、拾楽《しゅうらく》と掛井《かけい》は長兵衛に会いに行こうとしたが、平八《へいはち》が止めた。

「長兵衛の奴《やつ》は、妨げになりこそすれ、助けにゃあなりません」

掛井が、戸惑《とまど》った顔をした。

「そうは言っても、手下なんだろう。それとも何か、長兵衛ってのは、寅次の悪事に乗っかりそうな奴なのか」

「悪党かってぇ話なら、違《ちげ》ぇやす。奴ぁ、お役目が何より大ぇ事《でえじ》ってぇ目明しですから」

「だったら、不都合はねぇだろう」

旦那《だんな》、と拾楽が口を挟《はさ》んだ。

「大事すぎるのも、厄介《やっかい》ってこともありますよ」

平八が、大きく頷《うなず》いた。

「お役目の為、手柄《てがら》を立てる為なら、手段は選ばねぇってぇ男でしてね。思い切りの良さと動きの早さで手柄を立ててやすが、その分近視《ちかめ》で手前《てめ》ぇ勝手なとこがある。こっちと手を組んで慎重《しんちょう》にってぇがらじゃありやせん。一刻《いっこく》も早くかたを付けようと、勝手に『見晴屋』に踏み込んで大暴《おおあば》れするでしょうね。寅次は勿論《もちろん》、太市坊《たいちぼう》とお智さんだってどうなることか。『白鴉《しろがらす》』も、胡散臭《うさんくせ》ぇの一言で片付きゃあいいが、『彦成屋《ひこなりや》』へ押しかけて罵《ののし》ったり、脅したりくれぇはするかもしれやせん」

　拾楽は顔を顰《しか》めた。

「やっと成田屋《なりたや》の旦那を宥《なだ》めたってのに、ですか」

　掛井が不機嫌《ふきげん》に言い返した。

「そんな野郎《やろう》と一緒にするな」

　余程《よほど》ばつが悪いらしい。言い振りに勢いがない。拾楽は笑いを堪《こら》えてから、切り出した。

「とはいえ、手下が起こした押し込みを、いつまでも長兵衛親分に隠しておくわけにもいかないでしょうね」

　ええ、と平八が頷いた。

「早いとこ、かたを付けねぇと」

　拾楽は、呟《つぶや》いた。

「寅次さんは、『お嬢さんの先行きを閉ざして仕舞《しま》い』だと言っていました。その『お嬢さん』辺《あた》りから、糸口を摑《つか》めないでしょうか」

　掛井が、少し苛立《いらだ》ってぼやいた。

「まどろっこしくて、どうにもならねぇや」

拾楽が宥める。

「急がば回れ、ですよ。旦那」

平八が、申し出た。

「うちの手下や、寅次と仲のいい手下仲間に探《さぐ》りを入れてみやす」

掛井がすかさず、念を押す。

「面倒臭《めんどうくせ》ぇ長兵衛の野郎に、気づかれねぇようにな」

拾楽は呆《あき》れて言い返した。

「大暴れしようとしていた旦那が、言いますか」

掛井は、今度は涼《すず》しい顔で聞こえない振りを決め込んだ。

もう少しつついてやろうと思ったが、掛井と遊んでる暇《ひま》はないと、拾楽は思い直した。

「親分が、手下仲間を当たってくださるんなら、あたしは寅次さんの住まいを、世間話の振りでもしながら当たってみます」

平八が頭を下げた。

「お願いしやす」

掛井が、甘酒屋《あまざけや》のおんぼろ縁台から、いきなり立ち上がった。

がたん、と派手《はで》な音と共に縁台が揺れ、同じ縁台に座っていた拾楽も慌《あわ》てて立ち上がる。

掛井が大きく頷いた。

「よし、俺《おれ》は『見晴屋』と『彦成屋』の様子を見て来る」

「旦那」

「止《よ》してください」

平八の成田屋を窘《たしな》める声と、うんざりした拾楽の制止が重なった。

恨《うら》めしそうな目で、掛井が拾楽と平八を見比べる。

拾楽は、冷ややかに告げた。

「旦那は、二《に》キのご隠居《いんきょ》へお知らせに行ってください」

「俺を邪魔者《じゃまもの》扱いしようってのか」

「違いますよ。この先の方策を色々練《ね》っておいて頂《いただ》きたいんです」

掛井が、拾楽を見返した。

「この先、か」

「ええ」

頷いて、拾楽は続けた。

「太市坊とお智さんのことは、親分とあたしにお任《まか》せを。そこから先の後始末《あとしまつ》をどうするかは、ご隠居と旦那の領分ですから」

「押し込み野郎と『鴉《からす》』の始末か」

そんなもん、しょっ引くに決まってるだろ。

にべもなく言い切るかと拾楽は思ったが、掛井は、不敵な笑《え》みを浮かべて頷いた。

「任せろ。何しろ、ご隠居はかなり怒っておいでだからなあ。ただしょっ引くだけじゃあ、収めねぇはずだ」

「そりゃ、旦那もでしょう」

悪戯《いたずら》好き、ふざけ好きに隠れてはいるが、掛井は真《ま》っ直《す》ぐで分かりやすい性分《しょうぶん》だ。一方で、立ち回りが苦手《にがて》とはいえ、鋭《するど》い勘《かん》と沈着な思考を持つ優《すぐ》れた同心であることも間違いがない。

その掛井が、この騒動では性急さばかりが目立っていた。

それほど、腹を立てているということだ。それでも、平八と拾楽の宥める言葉に耳を傾けてくれるのが、こそばゆく、嬉《うれ》しかった。

意気揚々《ようよう》と、肩で風を切って深川《ふかがわ》へ向かう成田屋の背中を、拾楽と平八は笑って見送った。

「親分は、寅次さんの住まいをご存じですか」

「確か、堀江町《ほりえちょう》の裏長屋だってぇ話を聞いたことがありやす」

「分かりました。寅次さんのここのところの様子を探りながら、訪ねてみます」

そう告げたところで、足に柔《やわ》らかなものが触れた。さくらだ。

「どうした、さくら。散歩かい」

金色の目で拾楽を見上げる。

にゃあん。

いつになく甘えた鳴き声に応じ、拾楽はさくらを抱き上げた。

そろそろさくらも大人《おとな》の猫の仲間入りだが、天真爛漫《てんしんらんまん》さと甘えん坊は、ちっとも変わらない。

にゃあん。

また、さくらが鳴いた。

いつもよりもか細い声で、何やら拾楽に訴《うった》えている。

――ねぇ、どこ。

サバを探しているのだと、拾楽はすぐに気づいた。

「サバかい。心配しなくてもすぐに帰って来るよ」

にゃあん。

さくらは、拾楽が宥めても鳴き止《や》まない。

「サバは、さくらに何も言っていかなかったのかい」

拾楽の、人に対するような問いを、平八はごく普通に聞き流している。平八も「鯖猫《さばねこ》長屋」に染《そ》まってきたようだ。

――うん。

というように、さくらが小さく、みい、と声を上げた。

サバよりも小さな頭を、落ち着かせるように撫《な》でてやる。

あの白い鴉に付きまとわれるようになってから、サバの様子がおかしかったことを、さくらも気づいていた筈《はず》だ。

今まで、「鯖猫長屋」とその周《まわ》りで起きた騒動の折、サバが、気まぐれで奇妙な動きをした時でも、さくらは落ち着いていた。

それは、サバがさくらに伝えていたのか、それともさくら自身が悟《さと》っていたのか、拾楽には定かではない。

どちらにしろ、おおらかで腹の据《す》わっているさくらが、こんな風に心許《こころもと》なげになるほどには、事態は深刻だ、ということだろう。

拾楽の手に自《みずか》らの頭を押し付けてくるさくらへ、拾楽は話しかけた。

「仕方ないね。お前も来るかい」

――いく。

そんな風に、さくらは拾楽の腕の中でくるりと身体《からだ》を丸め、落ち着いた。

平八が、笑いの滲《にじ》む声で、「それじゃ、あっしはこれで」と頭を下げた。

「さて、さくら。じゃああたしたちも行こうか。とっととサバに戻ってきてもらわないとね。あの威張《いば》りん坊《ぼう》がいないと、あたしもお前も、調子が出ない」

にゃん。

少しだけ、さくらの鳴き声に元気が戻った。

――ほんとよ。まったく、心配かけて。

そんな風に聞こえ、拾楽は笑った。

堀江町は、日本橋《にほんばし》を東へ行った先、江戸橋《えどばし》の北、大伝馬町《おおでんまちょう》の南にある。

拾楽は、道々、寅次の住まいを訊《たず》ねながら、人懐《ひとなつ》こいさくらに助けられつつ、寅次の人となりを探った。

てくれた。

堀江町や隣《となり》の小舟町《こぶなちょう》では、寅次の知己《ちき》は多く、皆笑いながら寅次について語ってくれた。

明るくて、面倒見がいいこと。女子供、年寄り、犬猫に優《やさ》しいこと。いつも一生懸命《けんめい》なこと。

聞かされる寅次の「いいところ」は、人によってさまざまだったが、必ず、こういう呟きがその後に付いてきた。

『あの思い込んだら命がけで、周りが見えなくなっちまう性分さえ直しゃあ、いい目明しになると思うんだけどねぇ』

そういえば、ここ二、三日見かけないが、どうしたのだろうかと、寅次を心配する者もいた。それもすぐに、「どうりで静かだと思った」という軽口《かるくち》が続き、笑いで締めくくられた。

まったく、どんな「思い込み」で、女子供を質《しち》にとって、饅頭屋に立て籠りなんざ、始めちまったんだろうねぇ。

拾楽は、心中でぼやいた。しばらく訊ね歩き、ようやく寅次の住まいに辿《たど》りついた。

米屋に野菜屋、総菜《そうざい》を売る煮売屋《にうりや》、小さな表店《おもてだな》が並んだ裏手、棟割《むねわり》長屋のどんつきが、寅次の部屋だという。

腕の中で大人《おとな》しくしていたさくらが、ぴくりと耳を震《ふる》わせ、顔を上げた。

寅次の部屋の前に、黒い塊《かたまり》が落ちていた。犬だ。

さくらが、そわそわとし出した。

――ねぇ、あれ、あたしの玩具《おもちゃ》。玩具なのかな。

人の言葉にすれば、そんなところだ。

さくらの声にならない囁きに気づいたのか、黒い犬が立ち上がった。

面長《おもなが》の顔、丸く黒い目。南蛮《なんばん》の犬だろうか、途中から折れ、垂《た》れた耳、しなやかで長い毛は、鼻筋《はなすじ》と首周りの白い毛の他は美しい漆黒《しっこく》だ。小さくはないが、大きくもない。黒い犬は、さくらを見た途端《とたん》、にかっと笑ったように見えた。

わん。わんわんわん。

嬉しい、嬉しい、という鳴き声と共に、黒い犬がすっ飛んできた。

――わーい、玩具だ。

そんな風にさくらが身体をねじって、拾楽の手から地面へ飛び降りた。

拾楽の膝《ひざ》の辺りに頭がくる程の大きさの犬だ。

ああ、やっぱり笑ってる、この犬。

拾楽は改《あらた》めて感じた。

さくらが、ふんふん、と犬に向かって、鼻を近づけた途端、犬がさくらの顔をべろりと舐《な》めた。遠慮会釈《えんりょえしゃく》のない舐め方に、さくらの顔が押されて傾《かたむ》いた。

犬は長く豊かな毛で覆《おお》われた尾を、ふっさふっさと楽し気《げ》に振っている。

まずは様子見《ようすみ》、軽い挨拶《あいさつ》、くらいのつもりで近づいたであろうさくらは、いきなり顔の半分程を舐められ、仰天《ぎょうてん》したようだ。

ぴょん、とその場で飛び上がり、

――いやーん。

そんな風に拾楽に飛びつき、身体を駆《か》け上がり、肩の辺りまで逃げてきた。

拾楽は、少しうんざりしながら、さくらを窘めた。

「だからね。あたしを木扱いしないでおくれ。爪《つめ》が刺《さ》さりゃあ、痛いんだから」

その間も、黒い犬は拾楽の脚《あし》に飛びつき、ふっさふさと、夢中で尾を振り、わんわんとさくらに向かって賑《にぎ》やかに吠《ほ》え、拾楽の手をべろべろと舐め、とにかく忙しい。

拾楽が黒い頭をそっと撫でると、心底《しんそこ》嬉しそうに笑った。絹のような滑《なめ》らかな手《て》触《ざわ》りが、大層珍《めずら》しい。

「兄さん、寅さんの知り合いかい」

寅次の隣部屋から女が出てきて、微苦笑《びくしょう》混《ま》じりで拾楽に声を掛けてきた。

拾楽は、笑って女に答えた。

「いえ。実は、少しばかり助けて頂きたいことがありまして。寅次さんは面倒見がいいお人だと伺《うかが》ったので、話だけでも聞いて頂けないかと」

拾楽の言葉に、女は「ああ」と笑って頷いた。

「面倒見はいいけどねぇ」

女の言葉を合図にしたように、他の部屋からも女達が出てきた。

「夢中になると何しでかすか分からないから、頼る相手としちゃあ、どうかと思うよ」

「まあ、いい人ではあるよね」

「そういやあ、昨日今日《きのう》と、見かけないけどどうしたんだろうねぇ」

「またお役目に夢中で、帰って来るのも忘れて走り回ってるんだろうさ」

長屋の女達は、楽し気に寅次の噂《うわさ》に花を咲かせた。

その合間《あいま》にも、黒い犬は、拾楽の周りを飛び跳《は》ねたり、身体を伏せてみたり、と、さくらに遊びの誘いを仕掛けている。

さくらは、拾楽の肩から黒い犬を見下ろしている。

間近《まぢか》に見える金色の瞳《ひとみ》が、

――いやぁよ。降りたらまた、べろーんってするんでしょ。

と告げている。

あはは、と女達が笑った。

「その猫、すっかりくろに好かれちまったねぇ」

「兄さんの家まで、付いて行っちまうかもしれないよ」

「ほんとだ」

女達は、明らかに冗談《じょうだん》のつもりで笑い合っていたが、拾楽はこっそりぼやいた。

また、妙な犬を拾っちまったか。

つい、ぎこちなくなった笑いで取り繕《つくろ》いながら、拾楽は訊《き》いた。

「ここの長屋の犬じゃあ、ないんですか」

また、女達が、陽気な笑い声を上げた。「鯖猫長屋」とは違った色合いの、明るい長屋だ。

「違う、違う。寅さんは、くろの相手をしてやるもんだから、すっかり懐かれてるけどね」

「ここの隣町、小舟町にある薬種問屋《やくしゅどんや》のお嬢さんが飼ってる犬さ」

拾楽は、寅次の言葉を思い出した。

『それじゃあ、お嬢さんの先行きを閉ざして仕舞いさ。悪《わり》ぃが手は引けねぇ』

「小舟町の薬種問屋ってぇと。確か『佐賀屋《さがや》』さん」

拾楽の問いに、女達が、そうそう、と頷いた。

「よく遊びに来るんだよ。この長屋にね」

「寅次さんと、『佐賀屋』のお嬢さんとは、お知り合いで」

「ああ、くろを通してね」

寅次の言う「お嬢さん」とは、「佐賀屋」の娘のことかもしれない。その辺りを探るには、この犬はいい口実《こうじつ》になる。

拾楽はさりげなく切り出してみた。

「大店《おおだな》の飼い犬なら、心配されているでしょう。寅次さんもいらっしゃらないようですし、『佐賀屋』さんに連れて行きましょうか」

女達が慌てて拾楽を止めた。

「だめ、だめ。そんなことしちゃあ、またくろとお嬢さんが叱《しか》られちまうよ」

「今度こそ、戻ってこられないような山へ捨てられちまうかもしれない」

拾楽は、戸惑った。

「一体、どういうことです」

訊き返すと、女のひとりが教えてくれた。

くろは、子犬の時に、「珍しい南蛮犬」として「佐賀屋」で飼われることになった。

初めは、珍しい犬に、一家揃《そろ》って大喜びだったが、くろのいささか人懐こすぎる性分を、皆あっという間に持て余すようになった。

人に限らず、猫でも犬でも馬でも、仲良くしてくれる生き物が大好きで、どこへでもついて行ってしまう。

寂《さび》しがり屋で、飼っていた庭からすぐに逃げ出す。木戸《きど》や木塀《きべい》の下を掘って自分が通れるだけの穴を開けるのだ。

外へ出ると嬉しくて、誰かれなく飛びついてしまう。

小さな子供は、黒い塊のような犬がものすごい勢いで走って来るので、怖《こわ》くて逃げ出す。そうするとくろは、「遊んでくれている」と思い込んで、追いかけまわす。

子供が泣いたり転《ころ》んで怪我《けが》をしたり、なぞということもあった。

ならばと、外に出られないようにと縄で繋《つな》いでみたが、世にも悲し気な声で鳴き続け、主《あるじ》一家も奉公人《ほうこうにん》も、一晩で音《ね》を上げた。

自慢の南蛮犬から「佐賀屋」の厄介者へと扱いが変わってしまったくろを、今も変わらず可愛《かわい》がっているのが、娘のお遥《よう》なのだそうだ。

「『佐賀屋』さんの庭を抜け出したくろを、たまたま寅さんが見つけてねぇ。寅さんも、まあ、くろと似たような性分なもんだから、気が合ったんだろうね。こうして、遊びに来るようになった。取り立てて悪さはしないし、あたし達がたまに相手をしてやれば、寅さんがいない時は、ああして大人しく待ってるようになったし、まあいいかって。ほら、ここにいりゃあ、他人様《ひとさま》には厄介を掛けずに済むだろう。お遥お嬢さんが一日中走り回ってくろを探すこともないし、『佐賀屋』の旦那さんや若旦那さんが、山へ捨てる、なんて言うこともない」

行儀のいい座り方で、さくらが降りて来るのをわくわくと待っているくろの頭を撫でながら、別の女が言った。

「とはいえ、見ず知らずのお前さんが店へ連れ戻したりしたら、また『他所様《よそさま》にご厄介を掛けたのか』ってことになっちまう」

「それで、寅さんも近頃はくろをわざわざ返しに行かなくなったんだ」

「心配しなくても、ほっときゃあ、そのうちお嬢さんが迎《むか》えに来るか、寅さんが戻って来て相手をするよ」

拾楽が見下ろすと、くろは、甘えるように、くうん、と鳴いた。

「お嬢さん」とやらを探る、いい切掛《きっかけ》になると思ったが、やめておいた方がよさそうだ。

まあ、いい。「佐賀屋」の娘を訪ねる言い訳《わけ》は、どうにでもつくれる。

拾楽は、愛想《あいそ》笑いと共に、長屋の女達に告げた。

「それじゃあ、くろは皆さんにお任せするとして、あたしは失礼します。寅次さんには、また日を改めて」

「おや、そうかい」

ええ、と頷き、拾楽は、長屋を出ようとした。

くろがついてくる。

拾楽は立ち止まって、くろへ振り向いた。

くろは、嬉しそうに笑っている。

さくらが、うんざりした風で、にゃん、と鳴いた。

——まさか、連れて帰ったりしないわよね。

と、そんなところだろう。

そのまさかになりそうな気配《けはい》だ。

拾楽は、無駄と思いつつ、くろを諭《さと》した。

「お前は、ここでお嬢さんをお待ち。ついて来たって、さくらは遊んじゃあくれないよ」

わん。わんわんわん。

くろは、嬉しそうだ。

だめだ。やはり、サバのようには話が通じない。

もう一度、じゃあな、と告げて歩き出してみた。

やはり、当たり前のような顔で、くろはついて来た。

長屋の女達が一斉《いっせい》に笑った。

「冗談で言ったつもりだったんだけどねぇ」

「くろは、本当に兄さんについてくつもりだよ」

「余程、その可愛い猫が気に入ったんだね」

「ねぇ、兄さん。諦《あきら》めて、一旦《いったん》連れて帰ってくれないかい」

「追い払ったって、くろはついてっちまうよ」

「お嬢さんがくろを迎えに来たら、兄さんの住まいへ行くように伝えとくからさ」

拾楽は、肩を落とした。

落ちかけたさくらに慌ててしがみつかれた撫で肩が、大層痛かった。

「また、妙な犬を拾ってきたのかい、先生」

呆れた口調《くちょう》で言ったのは、おてるだ。

既《すで》に今日の商《あきな》いを終えて長屋へ戻っていた蓑吉《みのきち》は、大喜びだ。この男、大の犬好きなのである。

「南蛮の犬かあ。珍しいなあ」

おみつの小さな息子、市松《いちまつ》は怖いもの知らずで、おみつがちょっと目を離した隙《すき》に、くろの耳や、長く手触りのいい毛を引っ張ったが、くろはひたすら嬉しそうで、市松の頰《ほお》を舐めまくってべたべたにしてしまった。

さくらは相変わらず拾楽の肩辺りにしがみついて、呆れ顔でくろを見下ろしている。

豊山《ほうざん》が出てこないのは、恐らく夢中で物語を綴《つづ》っているからだろう。

正直なところ、拾楽はくろのことは全て蓑吉に頼んで、出かけようかと思った。

お遥だけでなく、探りたいことは山ほどあり、時は少ない。

白い鴉が姿を現さないのは、サバが痛めつけたからだろう。鴉が戻ってくる前に、出来るだけ動いておきたい。

だが拾楽は、お遥が気になった。

寅次がお遥の為に立て籠りをしたなら、お智と太市を助け出す糸口は、お遥にある。

だから拾楽は、お遥を待った。

蓑吉が、そうさせてくれと言うので、くろを預けて部屋へ戻ると、さくらは、サバの載《の》っていない畳《たた》んだせんべい布団《ぶとん》を見て、しょんぼりと長く真っ直ぐな尾を下げた。

いつも、二匹でくつろぐお決まりの場所だ。

「すぐに帰って来るさ。今までだって、一日出かけてたことはあったじゃないか」

うん、と言うように、さくらが小さく鳴いた。

せんべい布団ではなく、胡坐《あぐら》を搔《か》いた拾楽の足の間に収まった柔らかな身体をそっと撫でながら、拾楽は思案した。

拾楽の部屋の前を、蓑吉とくろが楽しそうに騒《さわ》ぎながら通り過ぎて行った。

元気すぎるくろを早速持て余したのか、蓑吉は長屋の外へ連れ出すことにしたようだ。

寅次を密《ひそ》かに、あの「白鴉」に気づかれず、「見晴屋」から引き出す上手《うま》い方策はないものか。

あるいは、「白鴉」が妙な手出しなぞ出来ないような、方策は。

寅次が得心《とくしん》し、自ら出て来て、掛井に縄を掛けられてくれるのが、一番面倒はない。

それには、寅次が何を「白鴉」に望んでいるか、知る要がある。

そして、寅次を捕《と》えた後で「白鴉」がどう出るか。それもまだ、分からない。

「白鴉」の狙《ねら》いは、何だ。なぜ、サバがぼんくらな振りをするほど、警戒《けいかい》した。

出口の見えない思案を切ったのは、慌てた様子で「鯖猫長屋」へ近づいて来る気配だ。

白い鴉が近くへ戻ってきていることを考え、拾楽は敢《あ》えて部屋の中で待った。

足音、息遣い。女だ。

木戸から入って来る。

『あの、もし』

品のいい、まろやかな声が訊ねた。声の張りからすると、歳《とし》の頃は、おはまと同じ程か。

おてるの部屋の腰高障子《こしだかしょうじ》が開いた。

『そうだよ。お嬢さんは』

応じたおてるに、女が答える。

『遥と申します。こちらに、画師《えし》の青井亭《あおいてい》拾楽さんがお住まいではありませんか。私の犬をお預かり頂いているそうなのですが』

ああ、と経緯《いきさつ》を伝えておいたおてるが応じた。すぐに、

「先生、猫の先生、お待ちかねのお客さんだよ」

と拾楽を呼ぶ。

思ったより、早く来たな。

そう心中で呟きながら、拾楽は部屋を出た。

丸顔に心持ち目尻《めじり》の下がった娘――お遥が、拾楽に頭を下げた。おはまとはまた少し違う色合いの器量よしだ。見ているだけで、ほっと和《なご》むような、顰《しか》め面《つら》の口許が緩《ゆる》むような、そんな不思議な面立《おもだ》ちをしている。

大店《おおだな》の娘だけあって、光悦茶《こうえつちゃ》の地《じ》に薄《う》っすらと縞《しま》が入った古風な小袖《こそで》は生地《きじ》も仕立ても上等、簪《かんざし》も櫛《くし》も、値《ね》の張るものを身に着けている。

だが、どれも皆さりげなく、派手派手《はではで》しさとは無縁だ。

「くろがご厄介をおかけしたようで、申し訳ありません」

早速詫《わ》びたお遥へ、拾楽よりも先におてるが笑い掛けた。

「気にすることはないよ。この猫の先生は、犬に好かれる性質《たち》らしくてねぇ。よく妙な犬を連れて来るんだ」

拾楽は、苦笑を抑《おさ》えておてるを窘めた。

「おてるさん、妙な犬だなんて」

いいえ、とお遥が笑って首を振る。

「いいえ、くろはおかしな犬なんです。身内は、皆持て余してしまって。こちらでも騒ぎを起こしてはいませんか」

「いえいえ」

拾楽が答えた。

「店子《たなこ》仲間に犬好きがいましてね。大喜びでくろの相手をしてます。ちょっと外へ連れ出しているようですが、探してきましょうか」

「それではお手間を掛けてしまいます。少し、こちらで待たせていただいても構いませんか」

そう答えてから、お遥は困ったように笑った。

「何しろ忙《せわ》しない子なので、行き違いになるかもしれませんし」

「勿論。安普請《やすぶしん》の貧乏長屋で、申し訳ありませんが」

お遥は、遠慮がちに長屋を見回して言った。

「皆さん、丁寧《ていねい》にお住まいなのでしょう。過ごしやすそうな、いい長屋です」

拾楽とおてるは、顔を見合わせた。

お遥が、はっとしたように、口に指を当てた。

「ごめんなさい、不躾《ぶしつけ》なことを」

あはは、とおてるが笑って首を横へ振った。

「とんでもない。貧乏長屋を褒《ほ》められたのは初めてだったもんでね。猫の先生と二人で驚いちまったのさ」

おてるの笑い声が気になったのか、豊山が長屋の奥の部屋から出てきた。

「猫の先生、おてるさん。お客人ですか」

豊山が、お遥を見て訊いた。おてるが答える。

「ああ、さっきの犬の飼い主さ」

豊山は、はて、という風に首を傾《かし》げた。

になっている。

「呆れたねぇ。あれだけ賑やかだったのに、気づかなかったのかい」

「はあ、すみません」

おてるに叱られ、嬉しそうに詫びる豊山は、早くも「鯖猫長屋」お決まりの眺めになっている。

拾楽は笑い混じりで、お遥に伝えた。

「こちらの豊《とよ》さんは、仕事に夢中になると、呼ばれても気づかなくなっちまうんですよ」

「犬、ですか」

そうなんですか、と、お遥が豊山に笑い掛けた。

なんだか、長屋ごとほっこりと温《ぬく》もったようで、拾楽は笑った。

以前の自分なら、こういう気配は苦手だったはずだ。身の置きどころがないような、ここに囚《とら》われてしまったら、二度と動けなくなりそうな、そんな焦《あせ》りで尻《しり》の辺りがむずむずした。

こうして呑気《のんき》に笑っていられるのは、おてるや長屋の店子仲間達、そして誰より、おはまのお蔭《かげ》だと思う。

あの、とお遥に声を掛けられ、拾楽は我に返った。

「先生は、猫の先生とおっしゃるんですか」

やはり、拾楽よりも早くおてるが答える。

「ああ、自分の飼い猫ばっかり描いてる、売れない画描《えか》きだよ」

拾楽は苦笑いで、改めて名乗った。

「拾楽と言います」

お遥が、申し訳なさそうな顔をした。

「連れてらした猫を、くろが脅かしてしまったと、伺いました」

「いやいや。うちのさくらは、お転婆《てんば》で妙に腹が据わってましてね。ちょいと吃驚《びっくり》しただけです。なんでも自分の玩具だと思ってる奴なので、今も部屋の中で、どうやってくろと遊ぼうかと、思案してるのじゃあないかな」

お遥は、ほっとしたように、また何かを得心したように笑った。

「道すがら、こちら様を尋《たず》ねながら伺ったのですが、皆さん『鯖猫長屋』には、賢《かしこ》い猫がいるのだと教えてくださいました」

おてるが、胸を張った。

「さくらも、可愛くて賢いけどね。『鯖猫長屋』の猫といやあ、サバの大将さ」

「サバの、大将ですか」

お遥が訊き返した時、わんわんわん、と賑やかな犬の鳴き声が近づいて来た。

くろだ。

お遥が振り返ると、長屋の木戸からくろが飛び込んできた。

「くろ」

嬉しそうなお遥に名を呼ばれ、くろがお遥に飛びついた。駆けてきた勢いのまま体当たりをした格好《かっこう》になり、お遥が拾楽の方へ、よろめいた。

「おっと」

手を伸ばして、お遥の身体を後ろから支える。

くろは、大はしゃぎで、お遥と拾楽の周りを飛び回っている。

お遥が、戸惑った顔で拾楽を見上げた。

「す、すみません」

上擦《うわず》った声の詫びに、いいえ、と答えようとしたところで、脇腹《わきばら》におてるの肘《ひじ》がめり込んだ。

油断していたところへ、容赦《ようしゃ》のない肘鉄《ひじてつ》を喰《く》らい、息が詰まる。

文句《もんく》を言おうとして、はっとした。

視線を、木戸へ向けた。

おはまが立っていた。

綺麗《きれい》な目を丸く見開いて、酷《ひど》く驚いた顔でこちらを見ていた。

そこへ、蓑吉が息せき切って戻ってきて、言った。

「くろが急に走り出すから、慌てちまった」

そうして、行儀よく座って嬉しそうにお遥を見上げているくろ、お遥、そして拾楽を見比べて、蓑吉らしからぬ、人の悪い笑みを浮かべた。

「ふうん、なんだかお似合いだ。隅《すみ》に置けないねぇ、先生」

咄嗟《とっさ》に、拾楽はお遥から手を離した。

急に支えを失って傾《かし》いだお遥の腕を、おてるがさっと摑んだのが、視界の端《はし》に映《うつ》った。

刺《とげ》のある声で、おてるが蓑吉に言う。

「寝ぼけたこと言ってるんじゃないよ、蓑吉《みのき》っつあん。こちらのお嬢さんは、くろを迎えに来なすったんだ」

「ああ、じゃあ、『佐賀屋』さんのお嬢さん。もう、迎えにいらしたんで」

蓑吉の少し残念そうな言葉に、お遥が応じた。

「はい。くろの相手をして下さったという方ですか」

そんな遣《や》り取《と》りも、拾楽は半《なか》ば上《うわ》の空で聞いていた。
おはまが、目を丸くしたまま、じっと拾楽を見ている。
おはまのすんなりと形のいい掌《てのひら》が、ゆっくりと心《しん》の臓《ぞう》辺りに触れた。
あれ。どうしたんだろう。
そんな顔で、首を傾げ、掌で心の臓辺りを、軽く擦《こす》った。
そんな様子のおはまを、拾楽はただ見つめた。
どうしてか、「おかえり」の一言が出てこなかった。
どす、と再び脇腹におてるの肘鉄を貰《もら》い、うっ、と唸《うな》る。
おてるが、動かないおはまの許《もと》へ、すたすたと近づいた。
にっと笑って、いつものように声を掛ける。
「おかえり、おはまちゃん。どうしたんだい」
困ったように、おはまが笑った。
「ただいま、おてるさん。なんだか急に、この辺りがずきんとして」
そう言って、おはまは心の臓の辺りをもう一度擦り、手を離した。
おてるが、じろりと拾楽を睨《にら》みつけてから、おはまに言った。
「そいつはいけないねぇ。疲れてるのか、風邪《かぜ》でも貰って来ちまったかい」

「ううん。もう平気」

おはまは、すっかりいつものおはまに戻って、拾楽に笑い掛けた。

「ただいま、先生」

「おかえり、おはまちゃん」

ようやく、一言が出た。

くろが、わんわんと、飛び切り明るい鳴き声を立てながら、おはまに懐いた。

「とっても綺麗な犬ね」

ふっさりした尾をぶんぶんと回しながら、おはまの手に頭を擦りつけ、それからなぜか拾楽のところへ来て、同じことをした。

お遥が、おはまと拾楽を見比べた。

「先生、こちらのお嬢さんは」

おはまが、軽くお遥に頭を下げながら、拾楽に訊ねた。

「日本橋小舟町の薬種問屋、『佐賀屋』さんのお嬢さんで、お遥さんっておっしゃるんだ。成田屋の旦那に頼まれた野暮用《やぼよう》で訪ねた堀江町の長屋で、このくろと出逢《であ》ってね。さくらに懐いて離れないもんだから、つい連れてきちまって。お嬢さんはくろの飼い主で、迎えに来てくれたんですよ。ああ、くろがなんで堀江町の長屋にいたのかっていうと――」

おてるが、冷たい声で拾楽を遮《さえぎ》った。

「先生、言い訳が長いよ」

おてるを見ると、にやにやを堪《こら》えている顔とぶつかった。

拾楽は、がくりと項垂《うなだ》れた。

まったく、一体何を慌てて、下らないことを口走ってるんだ。

くろが、拾楽の袖を嚙《か》んで、しきりに引っ張っている。

おはまの、軽い笑い声が聞こえて、拾楽は顔を上げた。

「先生、変なの」

おはまが、楽し気に言った。

お遥と挨拶を交《か》わし、くろの頭を撫でながら、話し掛ける。

「そう。先生とさくらについて来ちゃったのね。先生は、犬に好かれるから」

わんわん、とくろがおはまに向かって鳴いた。

おはまが、うふふ、と笑って、明るい口調でおてるに告げた。

「兄さんが帰って来る前に、夕餉《ゆうげ》の買い物に行ってきます。今日は、煮売屋さんのお菜《さい》にしちゃおうかなって」

おはまのちょっと首を竦《すく》めた何気《なにげ》ない仕草《しぐさ》に、拾楽はどきりとした。

おてるが、大きく頷いた。

「ああ、たまにゃあいいさ。行っといで」

おはまはおてるに頷き返すと、お遥に「ごゆっくり」と声を掛けて今来た道を出て行った。

蓑吉が、残念そうに呟いた。

「あーあ、今日はおはまちゃん家《ち》は、煮売屋の菜かあ」

再び、おてるが蓑吉を睨んだ。

「なんだい。あたしの菜じゃあ物足りないって言いたいのかい」

蓑吉が、慌てて両手を振る。

「と、とんでもねぇっ。おてるさんの飛び切り旨《うま》い菜が物足りないなんて言ったら、罰《ばち》が当たっちまう」

蓑吉の言葉は、言い訳でもお世辞《せじ》でもない。

独《ひと》り者の蓑吉は、売れ残りの野菜を長屋の店子達に分ける代わりに、女房《にょうぼう》達がつくった菜を貰っているのだ。おてるもおはまも、そしておみつも、料理の腕は大したもので、日々、豪勢《ごうせい》な夕餉にあり付いているという訳《わけ》である。

そそくさと、おてるから逃げ出そうとした蓑吉を、拾楽は呼び止めた。

「蓑吉さん、すみませんがもう少し、くろを預かって貰えませんか」

「へ」

蓑吉が、訊き返した。

「少し、お遥さんと話があるので。構いませんか、お遥さん」

「勿論です。蓑吉さん、ご厄介をおかけしますが、もうしばらく、この子をよろしくお願いします」

それまでばつが悪そうにしていた蓑吉が一転、ぴょこんと背を伸ばし、嬉しそうに頷いた。

「任せといてくだせぇ。くろ、おいで。目いっぱい遊んで、喉《のど》が渇《かわ》いたろう」

わん。

妙に聞き分けのいい返事をして、くろは蓑吉について行ったが、ふと立ち止まり、拾楽をじっと見た。

くろが、にんまりと笑っているように見えたのは、きっと気のせいだ。

すぐに蓑吉を追ったのを見送り、拾楽は、おてるへ振り向いた。

「そういうことですので、おてるさん」

成田屋が懇意《こんい》にしている甘酒屋を使うことも考えたが、あの店にやたらな人を連れて行かない方がいいだろう。掛井が使い辛《づら》くなってしまっては申し訳ない。

おてるは、なおざりな物言《ものい》いで応じた。

「はいはい。成田屋の旦那の野暮用なんだろ。あたしは夕餉の支度《したく》をするからね。聞こえない、聞こえない」

拾楽は苦笑《にがわら》いでおてるに頷き、お遥を部屋へ促《うなが》した。

「狭《せま》苦しいところで、申し訳ありませんが」

「どうぞ、お気遣いなく」

お遥が四畳半に落ち着くと、早速、さくらがお遥のところへやって来た。

――ねぇ、遊んでくれるの。

そんな風に、お遥を見上げている。

お遥が、さくらを膝の上へ載せてやると、ごろごろと甘えた音で喉が鳴った。

閉めた腰高障子越しに、豊山とおてるの遣り取りが聞こえて来た。

豊山が、言う。

『さっきのおはまちゃんの、あれ。焼餅《やきもち》ですね』

『おや、豊さん、気づいてたのかい』

『そりゃあ、同じ長屋に住んでいれば、誰だって気づきますよ。おはまちゃんは猫の先生に、ほの字だ』

『ここの男達で勘付《かんづ》いてるのは、涼《りょう》さんくらいだけどね。ああ、くれぐれも貫八《かんぱ》っつぁんにゃあ、気づかれないようにしとくれよ。面倒だからさ』

『分かってます。でも、おはまちゃん、自分が焼餅を焼いたって気づいてないんじゃないかなあ』

『なんだい、そりゃ』

『そんな顔、してました。傷ついた風でもないし。なんで、胸がちくちくするんだろうって、そんな顔です』

『なんで豊さんに、おはまちゃんのそんな胸の内が分かるんだい。実は、お智さんが長屋へ家移《やうつ》りしてきた時、ちょっとした騒ぎになっちまってね。おはまちゃん、酷く哀《かな》しそうだったし、あの時は娘らしい焼餅、焼いてたんだ。今更《いまさら》自分の焼餅に気づかないなんてこと、あるのかねぇ』

『ふうん。そりゃ、おはまちゃん、自分の気持ちを拗《こじ》らせちゃってますねぇ』

『拗らせる、って。気持ちをかい』

『ええ。きっと猫の先生が、当たり障《さわ》りのない接し方をしすぎたんでしょう。自分の恋心が叶《かな》うかもしれないってことを、忘れてるんですよ。だから焼餅を焼いた時の気持ちも忘れてる。胸の辺りがちくちくするのは焼餅だって、気づかない。可哀《かわい》想《そう》ってよりは、微笑《ほほえ》ましいですけどね』

『へぇ。大したもんだ。どこでそんな細かな女心の読み様《よう》を覚えたんだい』

ちょっと間《ま》を置いて、もそもそと豊山が答えた。

『いや、その。吉原《なか》へ通ってたことも、ありましたから』

小さな間が空《あ》いた。すぐに、豊山がまくし立てた。

『通ってたことがあった、ってだけで。今は行ってません。本当ですよ、おてるさん』

『豊さんまで、可笑《おか》しな言い訳しないどくれ。あたしはそこまでお節介《せっかい》じゃないよ』

はあ、すみません、と詫びた豊山の声は、どこかがっかりした風で、お節介を焼いて欲しいのに、という風にも聞こえた。

拾楽は、やれやれ、と溜息《ためいき》を吐《つ》き、お遥に詫びた。

「お嬢さんに妙な話を聞かせちまって、申し訳ありません」

お遥は、にっこりと笑って首を横へ振った。

「私こそ、おはまさんには申し訳ないことをしました。後でおはまさんを慰《なぐさ》めてあげて下さい」

「あたしとおはまちゃんは、そんな仲じゃあないんですよ」

お遥は拾楽の目を見て、言った。

「くろは、縁結びをする犬なんです」

突拍子《とっぴょうし》もない話に、拾楽は「はい」と、問い返した。

「人の恋路《こいじ》を手助けするんです。妙な男に言い寄られている娘さんのところへ、想《おも》い人《びと》を引っ張っていったり、さっき、私にしたように、わざとじゃれついて跳《と》びかかって、思い合っている二人を触れ合わせたり。そうやって、今まで、いくつも恋を取り持ってきました。あの子、おはまさんと拾楽先生の縁をちゃんと結びたかったんだと、思います」

それから、ふふ、と楽し気に笑って言い添えた。

「でも、案外あっさり引き下がりましたから、『ゆっくり進め』ということなのかもしれませんね」

拾楽は溜息混じりに、ぼやいた。

「まいったな」

それから、柔らかく笑んでいるお遥を見つめ、切り出した。

「くろが取り持った恋路には、お嬢さんと寅次さんも、入っているんですか」

お遥が、驚いた顔をした。次いで、頬がぽ、と赤くなる。

「どうして、それを」

拾楽は、浮《うわ》ついていた気持ちを、引き締め直した。

おはまと過ごすひと時、長屋での暮らしを手放したくないのなら、自分がやることは決まっている。そう心に誓《ちか》ったばかりだ。

いい加減《かげん》、拾楽も勘付いていた。「鯖猫長屋」が引き付けるのは、お化《ば》けや妖《あやかし》だけではない。浮世《うきよ》の厄介事、騒動も集まって来る。

お化け妖の類《たぐい》は、サバが収めてくれる。浮世の騒動を収めるのは、自分の役目だ。

この平穏《へいおん》、ぬくもりを守りたいなら、「黒ひょっとこ」が得た技《わざ》を鈍《にぶ》らせてはいけない。

他愛《たわい》ない幸せに呆《ほう》けている暇は、ない。

拾楽の顔つきが変わったことに気づいたか、お遥が、初々《ういうい》しく緩んだ頬を引き締めた。

「ひょっとして、御用《ごよう》の筋《すじ》で寅次さんをお訪ねになったのでは、ありませんか」

「分かりますか」

「ええ」と、お遥は頷いた。ほんわりとした温かさはそのまま、腹を据えたような落ち着きが、目の光に宿った。

「先刻《せんこく》おっしゃっていた、成田屋の旦那とは、北町の掛井様のことですね」

「よくご存じで」

「寅次さんが、よく話してくれます。面白い定廻《じょうまわ》りの旦那が北町においでだ、と」

面白《おもしろ》い、ね。

拾楽はちらりと笑った。お遥が訊く。

「先生は、目明しの親分さんでいらっしゃるんですか」

あはは、と拾楽は笑って首を振った。

「いえいえ、違います。掛井の旦那には、平八親分という腕利《うでき》きの目明しがおいでです。親分の手を煩《わずら》わせるまでもない、ちょっとしたことを、顔見知りのあたしにやらせてるんですよ、あのものぐさな旦那は」

お遥が、まあ、と笑った。それから、困ったように顔を曇《くも》らせる。

「御用のお話となれば、私でお役に立てることが、あるかどうか。寅次さんはこのところ長屋を留守《るす》にしているようですし」

「お遥さんは、寅次さんと、本当に恋仲《こいなか》でいらっしゃる」

ふいに確かめられ、お遥が戸惑った顔をした。再び、頬が染まる。

「親御《おやご》さんは、何と」

お遥が、首を横へ振った。

「打ち明けていません。きっと引き離されるでしょうから」

そうだろうな、と拾楽は頷いた。

大店の娘と、目明しの手下だ。どちらの二親《ふたおや》も、つりあいはとれないと考えるだろう。とりわけお遥の親は、得心するまい。

「馴《な》れ初《そ》めを、聞かせて頂いても」

なぜそんなことを訊くのか、という顔で、お遥は首を傾げたものの、すぐに少し照れくさそうに笑って、口を開いた。

「家を抜け出したくろが、掏摸《すり》を追っていた寅次さんにじゃれついてしまったんです。一緒にいらした親分さんは大層腹を立てたんですが、寅次さんがくろを庇《かば》ってくれました。その後すぐに、寅次さんが掏摸を捕《とら》えたので、親分さんはくろを許して下さいました。くろが今無事なのは、寅次さんのお蔭なんです。以来、すっかりくろは、寅次さんに懐いてしまって。誰かれなくじゃれつかなくなったのも、寅次さんのお蔭ですね」

さくらがお遥の膝の上で、にゃう、と不服気に鳴いた。

——あたしは、酷い目に遭《あ》ったわ。

とでも、言いたいのだろう。

お遥は、とても幸せそうな顔をしていた。

拾楽は、切り出した。

「失礼を承知で伺います。お遥さんは、寅次さんとは夫婦《めおと》約束をしておいでですか」

お遥が、首筋まで赤く染めた。

「そ、それは」

束《つか》の間《ま》言いよどんでから、少し寂しそうに笑った。

「私は、そのつもりなんですけれど、寅次さんが、迷っているようで」

「もしや、他に縁談がおありでは」

柔らかだったお遥の顔が、す、と曇った。

「あの、拾楽先生。私の縁談や寅次さんとの仲と、掛井様の御用と、どういう繋がりがあるのでしょうか」

拾楽は、束の間躊躇《ためら》った。

幸せそうなお遥に、今の寅次がやっていることを告げたら、どんな顔をするのだろうか。

どんな理由《わけ》があろうと、何も盗《ぬす》まず、誰も傷つけなくとも、押し込み、立て籠りは大罪だ。

「先生」

お遥に控えめに促《うなが》され、拾楽は自らを叱った。

何を、生ぬるいことで迷ってるんだ。お智と太市の無事が掛かってるんだぞ。

拾楽は、お遥の目を見て切り出した。

「寛永寺《かんえいじ》の仁王門前町《におうもんぜんちょう》に、『見晴屋』という饅頭屋があります」

お遥が、ええ、と頷いた。

「噂には、聞いています。評判の店だと」

「そこに、寅次さんが立て籠っています。『見晴屋』の女将《おかみ》と、たまたま饅頭を買いに来た太市という男子《おのこ》を質に取って」

お遥が笑った。

「そんな、馬鹿《ばか》な。からかわないでください、先生」

拾楽に向けられていた目が、不安げに曇った。みるみるうちに、笑みが硬《かた》く強張《こわば》っていく。

拾楽の顔つきから、冗談やからかいではないと、察したようだ。

「だって。だって、寅次さんは、いつだって一生懸命にお役目に当たっていて。みんなに優しくて、明るくて。そんな寅次さんが、立て籠りだなんて。嘘《うそ》です。うそ――」

お遥が、口に両手を当てた。指先が小刻《こきざ》みに震えている。

さくらが、心配そうにお遥を見上げている。

拾楽は、お遥が落ち着くのを待った。

お遥は泣き出す訳《わけ》でもなく、大きく取り乱す訳でもなく、耐えるように俯《うつむ》き、細く長い息を繰り返してから、再び顔を上げた。

「なぜ、寅次さんはそんなことをしたのでしょう」

拾楽は、静かに答えた。

「『見晴屋』の隣、紙問屋の『彦成屋』が、評判の『千里眼《せんりがん》』を京から呼び寄せたそうです。どうやら寅次さんは、太市をその『千里眼』と間違えたらしい」

「彦成屋」、「千里眼」と聞いたお遥の顔色が、変わった。

「ひょっとして。いえ、でも、まさか――」

拾楽は、お遥を促した。

「思い当たることがあるなら、教えてください」

お遥の瞳が揺れる。

「遠くの物事を透《す》かし見るだけでなく、人の先行きや心裡《こころうち》、そんなものまで見透《みす》かすと、京で評判の『千里眼様』が、江戸へ来ているらしいと母が聞きつけ、私の縁談を見て貰うのだ、と言っていたんです。母は占い、呪《まじな》いが好きなので」

「その話を、寅次さんにしましたか」

「え、ええ。半分冗談のつもりで」

寅次と所帯を持てば、娘は幸せになれる。そんな風に「千里眼様」が言ってくれないだろうか、と、お遥は寅次に話したそうだ。

拾楽は、溜息を吐《つ》いた。

煮え切らない寅次に対して、背中を押すつもりもあったのだろう。

だが寅次の躊躇いは、かえって大きくなった。

京で評判だという「千里眼」が、自分とお遥の仲を見透かしてしまったら。

それを、「千里眼」が言いふらしでもしたら。

拾楽は、お遥に告げた。

「『見晴屋』の女将に諭された寅次さんは、こう言っていました。『今、手を引いちまったら俺はただの押し込みだ。それじゃあ、お嬢さんの先行きを閉ざして仕舞いさ。悪《わり》ぃが手は引けねぇ』

お遥が、狼狽《うろた》えた目で拾楽を見た。

「目明しの手下との恋仲が世間に知れれば、お遥さんに傷が付き、いい縁談がなくなる。寅次さんは、そう考えたのではないでしょうか。頼むつもりだったのか、脅すつもりだったのかは分かりませんが、寅次さんは『千里眼』を黙《だま》らせようとした」

お遥が、目を閉じた。

胸の前で握りしめた手に、ぎゅっと力が入る。

長い間を置いて、お遥はぽつりと呟いた。

「どうして、いつもこう、考えないしなのかしら」

拾楽は、少し驚いた。

ほっこりと柔らかで、どこにも角《かど》がないようなお遥の口から、「考えなし」という身も蓋《ふた》もない言葉が出てきたからだ。

けれど、口調にはお遥の、寅次に対する情が詰まっていた。

心配、もどかしさ、哀しみ、愛《いと》おしさ。そして、恐らくお遥自身も気づいていないだろう、ほんの一滴《ひとしずく》ほどの嬉しさ。

それから、大きな決心をした目をして、お遥は拾楽に切り出した。

「先生は、なぜ寅次さんと『見晴屋』の女将さんの遣り取りを、ご存じなんでしょう」

そこは、気づかずにいて欲しかったんだけどねぇ。

拾楽は微苦笑を浮かべ、答えた。

「まあ、ちょっとした盗み聞きです」

お遥は、不審に感じた風でもなく、あっさり頷いた。

「盗み聞きが出来るのなら、私が『見晴屋』さんへ伺うことも出来ますでしょうか」

拾楽は、まじまじとお遥を見つめた。

大店の娘とは、こういうものなのだろうか。なかなかどうして、腹が据わっている。

だから、「見晴屋」へ連れていけ、寅次と会わせろ、と言われるのではないかと、遣り取りの中で薄々《うすうす》察してはいた。拾楽は、お遥を宥めた。

「あたしがこっそり盗み聞きをするのと、お遥さんが行くのとは、訳が随分《ずいぶん》と違いますよ。いくら恋仲で、普段は優しい男でも、今の奴は、立派な立て籠り男です」

「でも――」

言いかけたお遥を、拾楽は、し、と止めた。

ばたばたと、慌ただしい気配が二つ、近づいて来る。

拾楽は、すぐに身体から力を抜いた。お遥に知らせる。

「噂をすれば、何とやらです。成田屋の旦那と、平八親分ですよ」

「え」

お遥が目を見開いた時、腰高障子が外《はず》れそうな勢いで開いた。

掛井が、続いて平八が、狭い土間に駆け込んで来る。

お遥の膝の上でうつらうつらしていたさくらが、顔を上げて掛井と平八を見た。

「おい、猫屋。寅次の『お嬢さん』が分かったって、本当か」

いち早くお遥に気づいた平八が、掛井を「旦那」と窘めた。

「お」

掛井が、お遥を見て声を上げた。

拾楽は、呆れ混じりに掛井へ声を掛けた。

「随分と早耳でいらっしゃる。もしや、ご隠居ですか」

遠慮会釈なく四畳半に上がり込んだ掛井に、平八が申し訳なさそうに続く。

座を空けようとしたお遥を、掛井が「ああ、いい」と留《とど》め、拾楽の側《そば》に腰を下ろした。平八は、土間の近くに落ち着いた。

「おう、ご隠居から知らせが来てな。猫屋が寅次の『お嬢さん』を見つけたようだから、手伝ってやれ、とさ」

二キの隠居は空恐《そらおそ》ろしい男だ。

「妖、地獄耳《じごくみみ》に千里眼」の耳目《じもく》となる者がどれほど江戸市中に散っているのか、見当もつかない。

もしかしたら拾楽や掛井の力なぞ、隠居には要《い》らないのかもしれない。

拾楽は、苦笑い混じりで、掛井と平八に、お遥を引き合わせた。

「こちら、小舟町の薬種問屋『佐賀屋』のお嬢さんで、お遥さんとおっしゃいます。お遥さん、先刻お話しした、掛井の旦那と平八親分です」

お遥が、丁寧に頭を下げた。掛井は、ひたすら忙《せわ》しない。

「それで、どうなんだい、お遥。寅次の野郎が起こした騒ぎに、心当たりは」

いささか戸惑っているお遥に代わって、拾楽が先刻までの話を伝えた。

掛井が、顰め面でぼやいた。

「ったく、人騒がせな野郎だぜ」

「人騒がせ」で済む騒動ではないが、とどのつまり、その一言でかたが付くような顚末《てんまつ》ではある。

掛井が、拾楽に訊いた。

「どうする。猫屋」

拾楽は、すぐに答えた。

「寅次さんが立て籠った経緯《いきさつ》、理由は分かりましたので、動きます」

「いつだ。もうそろそろ日暮れだぜ」

「ええ。太市坊とお智さんに、もう一晩辛抱《しんぼう》しろ、というのは酷《こく》でしょう。呑気に明日の夜明けを待って、という訳にはいかない」

平八が、遣り取りに加わった。

「日が暮れて、あの辺りに人気《ひとけ》がなくなってからにしやすか。人手が要るようでしたら、集めますぜ、先生」

お遥が、

「待ってください」

と、割って入った。

「寅次さんと話をさせて頂けませんか」

掛井と平八が、拾楽を見た。すぐに掛井が首を横へ振った。

「そいつは、止《よ》した方がいい」

お遥が、軽く目を伏せた。

「拾楽先生にも、言われました。寅次さんは今、立派な立て籠り男だ、と」

「だったら、大人しくしてるんだな」

「私なら、大丈夫です」

「お前《め》ぇの心配だけをしてる訳じゃねぇ。下手《へた》に寅次の気分を逆《さか》なでして、捕えられてる二人に何かあったら、取り返しがつかねぇって言ってるんだ」

ほんの刹那《せつな》、お遥が傷ついた顔をした。

掛井が、少し声音《こわね》を和《やわ》らげ、お遥を諭した。

「お遥の気持ちは分からねぇでもねぇ。馬鹿な真似《まね》をした男を手前《てめ》ぇで何とかしてぇって思うのは、見上げた覚悟だ。けど、ここは玄人《くろうと》に任せておけ」

お遥は、食い下がった。

「ですが、旦那。私のことで寅次さんが思いつめているのなら、寅次さんの決心を変えられるのは、私しかいないのではありませんか。ましてや、寅次さんは私の本心を勘違いしている。私の口からそれは違うのだと伝えなければ、寅次さんは信用しないでしょう」

ううむ、と掛井が唸った。

ふいに、蓑吉の声がした。

『おい、こら、くろ。待ってくれ』

さくらが、大慌てでお遥の膝から降り、拾楽の肩まで登ってきた。

すぐに、拾楽の部屋の前で、わんわんわん、と、くろが鳴いた。お遥が急いで土間へ降り、腰高障子を開ける。

わん。わん。

蓑吉が、お遥に続いて外へ出た拾楽に詫びる。

「すいません、猫の先生。あっという間に飛び出しちまって」

ふっさりとした尾を揺らし、くろはお遥の袖を咥《くわ》えて、引っ張った。

早く行こうと、訴えているように見えた。

軽《かろ》やかな音を立てて、拾楽の隣の戸が開いた。

おてるが、ぐい、と胸を張って、拾楽、掛井、平八を見回した。

「旦那。女子《おなご》を見くびっちゃあいけない。その寅次さんとやらのことを一番分かってるのは、お嬢さんだ。こういう時こそ、女子の出番じゃないか。野郎が雁首《がんくび》揃えて、色恋で思いつめた野郎を説《と》き伏せたって、ろくなことにならないよ。ねぇ、お嬢さん」

思わぬ加勢に、お遥が、必死で頷いた。

「ええ、ええ。その通りです」

拾楽は、苦い溜息を吐いて、おてるを窘めた。

「おてるさん。こっちの話は『聞かない』って言ってたじゃあありませんか」

「うるさいね。聞いたんじゃなくて、聞こえたんだよ。聞こえない振りをしてやろうかと思ってたけど、あんまり先生達がまどろっこしいこと言ってるもんだからさ、辛抱できなくなったんじゃないか」

つまり、おてるは今は「首を突っ込む時だ」と、断じたのだ。

お節介を焼くか、知らぬ振りをするところか。おてるの押し引きの勘には、間違いがない。

おてるが、厳しい顔で続ける。

「お智さんと太市《たい》っちゃん、『見晴屋』で捕《つか》まってるんだね。妙だと思ったんだよ。あの商い好きのお智さんが、急に店を閉めて里帰りだなんて。やけに硬い顔をしてたしさ」

蓑吉が狼狽《うろた》えた目で、おてると拾楽を見比べている。

掛井が、おてるに声を掛けた。

「随分と、腹が据わってるじゃねぇか、おてる」

おてるが、大威張りで頷いた。

「当たり前ですよ、旦那。お智さんはここの家主《やぬし》で、店子仲間。太市っちゃんは、長屋の息子みたいなもんだ。大事な二人を無事に取り戻さなきゃならないってのに、狼狽えてる暇なんか、ありゃしない」

「お遥は、その大事な二人を質に立て籠ってる男と恋仲の娘だ。その肩を持つのかい」

そう訊いた掛井は、どこか楽し気だ。

おてるが、ふん、と鼻を鳴らした。

「だから、そんなことで腹を立てたり憎《にく》んだりしてる暇なんざないって言ってるんですよ、旦那。寅次さんってぇお人をとっちめるのは、二人を助け出してからだ」

掛井が、男臭い仕草で肩を竦《すく》めた。

「どうするよ、猫屋」

拾楽は苦笑いで掛井に答えた。

「あたし達で何とかするとしたら、あたしと親分の力技《ちからわざ》になります」

おお、と、掛井が大威張りで頷いた。立ち回りが苦手だということに、何の引け目も感じていないこの同心には、皮肉も通じないらしい。

拾楽は、続けた。

「まずはお遥さんに外から声を掛けて貰って、出方を見たらどうでしょう。寅次さんに隙が出来るかもしれない」

平八が頷いた。

「隙が出来たとこで寅次を捕えるってんなら、お嬢さんにお頼みするのも、ありかもしれやせんぜ、旦那」

腕に物を言わせて寅次を捕えるという算段に、お遥の顔色は悪く、頬も硬い。

けれどお遥は、何も言わなかった。

先刻、お遥の袖を引っ張ったくろが、今度は掛井の許へ行き、黒巻羽織《くろまきばおり》の袖を咥《くわ》えた。

「おい、こら」

掛井はくろを叱ったが、厭《いや》がっている様子は全《まった》くない。

くろは、掛井の袖を、くい、くい、と軽く引っ張りながら、甘えるようにじぃっと掛井を見上げている。

掛井が、苦々《にがにが》しくぼやいた。

「そういう頼み方をされちゃあ、断《ことわ》れねぇじゃねぇか」

拾楽は思わず、茶々《ちゃちゃ》を入れた。

「旦那を落とすにゃあ、猫か犬がいりゃあいいんですかね」

「うるせぇぞ、猫屋」

掛井が、少し不機嫌《ふきげん》そうに顔を顰《しか》め、ふ、と心を決めるように息を吐く。

どこか不服気な様子を、拾楽は見咎《みとが》めた。

「旦那」

「何でもねぇよ」

拾楽に言い返してから面《おもて》を改め、掛井はお遥に向かった。

「寅次を捕える片棒を、担《かつ》げるか」

お遥は、硬い顔で「はい」と応じた。

「お前《め》えは、外から声を掛けるだけだ。無理はするな。妙に叱っても、煽《あお》ってもいけねぇ。出来るか」

お遥が、また、はい、とだけ答えた。

その顔つき、小さな声から、固い決心が窺《うかが》える。

掛井が、くろの頭をちょっと撫でた。くろが、羽織の袖を離した。

その袖を軽く払い、手をその中に仕舞う、成田屋らしい芝居《しばい》がかった仕草に、拾楽はちょっと笑った。

「行くぜ」

おてるがさくらを呼んだ。

「さくら、おいで。一緒に留守番しよう」

さくらは、拾楽の肩から、おてるをじっと見た。

——あたしも、いくの。

と、長く真っ直ぐな尾が、勇《いさ》ましく揺れた。拾楽から降りようとしないさくらを見て、おてるが苦笑いを零《こぼ》す。

「旦那も親分も、お気を付けて。しっかり頼みましたよ」

おてるの頼もしい励ましに背中を押され、掛井は颯爽《さつそう》と、平八は落ち着いた足取りで歩き出した。お遥とくろも続く。

拾楽は、自分ひとりが、さくらを肩に載せた呑気《のんき》な形《なり》をしていることに、苦笑いを零《こぼ》した。

仁王門前町の「見晴屋」近くに着いた時には、周りは夕暮れの薄闇《うすやみ》に緩やかに沈んでいた。寛永寺から覗《のぞ》く桜が、青紫の空に白く浮かび上がっている。人通りはまだまだ多い。

お遥は、悲壮な面持《おもも》ちで、固く閉ざされた「見晴屋」の表口を見つめている。あれだけ賑やかだったくろは、何かを察しているのか、お遥を気遣うように、静かに傍《かたわ》らに寄り添っていた。

さくらは、拾楽の肩にしがみついて、くろの様子を窺っている。

拾楽は、周囲の木々や屋根の上、空を見回した。

白い鴉の姿はない。それから隣の紙問屋、「白鴉」が逗留《とうりゆう》しているという「彦成屋」の様子を横目で確かめる。そろそろ日も暮れようとする頃、客足もまばらになり始めた、大店のありふれた風景だ。「白鴉」がこちらの動きを窺っている気配も、怪《あや》しげな気配も感じられない。

やはり、「白鴉」の「千里眼」の力は、あの白い鴉の目を通して得ているのだろう。白い鴉が動けないでいるから、「白鴉」もこちらの動きに気づけていないのだ。

　平八が、掛井と拾楽に小声で問いかけた。

「どういたしやすか」

　掛井が、お遥と「見晴屋」の表口へ視線を向けながら応じる。

「どうって、まさかここで『お願い、寅次さん。出てきて頂戴《ちょうだい》』ってぇ、やる訳にもいかねぇだろう」

　軽い調子でふざけてから、掛井は拾楽を見た。拾楽が切り出す。

「蔵《くら》の様子も分かりやすいですから、裏口へ回りましょう」

　早速裏口へ回ったが、ただでさえ四人と二匹の奇妙な一行は目立つのに、今日は人通りがある。

　掛井も平八も、渋《しぶ》い顔だ。

　拾楽は、早口で告げた。

「まずは、中の様子を見てきます。寅次さんが母屋にいるようなら、裏口を開けますので、一旦庭へ入ってください」

掛井が、訊き返した。

「お遥もか」

「ええ。誰かに見咎められて、騒ぎになるよりはましでしょう。身を隠す場所も目星をつけてあります」

告げながら、拾楽は目で掛井に伝えた。

いざとなったら、寅次に傷を負わせてでも、抑《おさ》えますから。

掛井が、小さく頷いた。

「よし、分かった」

拾楽は、軽く頷き返すと、この二日で繰り返し行き来した手順で、木塀を乗り越えた。

「見晴屋」の庭へ降り立ち、母屋へ近づいて気配を探る。作業場の方に二人。動いている。

拾楽は、裏口の木戸を開け、外で待つ三人とくろを引き入れた。

「急いで。寅次さんとお智さんが、こちらへ向かって来ます」

掛井が、早速囁《ささや》いた。

「とっ捕まえるか」

自分はやらない癖《くせ》に、と思いながら拾楽は早口で応じた。

「様子を見ます」

平八が頷いた。

お遥が、小さな声でくろを諭す。

「くろ。いい子でね。静かにしていて頂戴」

くろは、丸い目でじっとお遥を見ている。拾楽は、掛井たちを椚《くぬぎ》の木と母屋の隙《すき》間《ま》の、闇が凝《こご》っている場所へ促した。屋根へ上がるのに使わせて貰っていた、あの椚だ。

お遥とくろを、庭の開けている場所から一番遠い奥へ促し、その手前に掛井、庭の様子を窺いやすい場所に平八と拾楽が並んで屈《かが》んだ。

お遥は、くろを抱き締めるようにして宥めている。

来る。

平八も気づいたようだ。

軽く息を詰めた刹那、小さな気配に、拾楽は蔵を振り仰《あお》いだ。

明り取りの窓の庇《ひさし》に、すっくと立ったサバの姿があった。

さくらが、拾楽の肩から飛び降りた。蔵の前へ辿り着く頃には、既にサバは蔵から地面に降り立っていた。瞳の色は、どこまでも澄んだ榛色《はしばみいろ》をしている。

厳しい顔つきで拾楽達の方を向いているサバの鼻先に、さくらが自分の鼻を近づけている。さしずめ、

——元気だったのー。おなかすいてない。

と無事を確かめている、というところだ。

寅次が、庭に姿を現した。身を乗り出したお遥を、掛井が小さく手を上げて止めた。

後ろから、硬い顔のお智がついて来ている。手には、握り飯をたっぷり載せた盆を持っているから、蔵の中で太市と共に夕餉をとるつもりなのだろう。

寅次の顔が冴《さ》えないのは、「白鴉」が鳴りを潜《ひそ》めているからかもしれない。

「見晴屋」に閉じ籠っていては、あちらの様子は分からない。

かといって、お智と太市を蔵に残して出歩く思い切りもつかないのだろう。寅次は、盗人《ぬすっと》ではない。押し込み、立て籠った時にどうすればいいのかなぞ、見当もつくまい。

なーん。

サバが、可愛らしい声を上げ、寅次の足許へ近寄った。

寅次が相好《そうごう》を崩《くず》した。

「なんだ、にゃん公。蔵から出てきちまったのか。中の坊主《ぼうず》が寂しがってるぞ。おお、仲間も呼んだのかい」

掛井の気配が、苛立った。

気持ちは分かりますよ、旦那。

自分で太市を閉じ込めておいて「坊主が寂しがってる」も、ないものだ。

呑気な立て籠り振りにいい加減馬鹿馬鹿しくなって、拾楽は立ち上がった。

寅次が、呆気《あっけ》に取られた風で固まった。すぐに我に返り、お智へ手を伸ばす。

サバが、地面を蹴《け》った。

ぎゅっと、指を開いた前脚、その先の鋭い爪が、はっきりと見えた。

お智が、サバを避《よ》けるように、一歩後ろへ引く。

サバの爪は、お智へ伸びた寅次の掌へ、狙い違《たが》わず振り下ろされた。

「痛《いて》えっ」と、寅次が悲鳴を上げた。

そりゃそうだ。

拾楽は小さく頷いた。

しょっちゅう爪を立てられたり、噛みつかれたりしている自分でさえ、滅多《めった》に味わわない「本気」が詰まった一撃《いちげき》だ。

さっと、お智との間に割り込んだ拾楽を、寅次がサバにやられた右手を押さえながら、呆然《ぼうぜん》と見た。

「お前《め》え、一体――」

拾楽は、寅次の言葉に被《かぶ》せるようにして訊いた。

「まだ大人《おとな》になり切っていない子を蔵に閉じ込め、女子を盾《たて》に人を脅す。そんな姿を、お遥さんに見せるつもりですか」

弾《はじ》かれた様に、寅次が辺りを見回した。

椚の陰《かげ》から、くろが飛び出してきた。お遥が続く。

お遥を止めようと伸ばした平八の手が、空《くう》を切った。

「ばかやろ――」

掛井がお遥を止めながら走り出る。

寅次が、懐《ふところ》から匕首《あいくち》を出した。

「寅次さん」

わんわん、わん。

お遥の悲鳴とくろの鳴き声が重なる。

寅次が、自分の首筋に匕首を当てた。

皆の足が、止まった。

そこまでの動きを、拾楽は敢えて黙って見ていた。

「誰も、近づくんじゃねぇ」

掠《かす》れた声で、寅次が訴えた。

お遥が、絞り出すように呟いた。

「どうして」

「お嬢さん」

寅次は、半泣きだ。お遥が気を落ち着かせるようにして息を吐き、続ける。

「どうして、いつもそう考えなしなの」

訊ねてから、力なく首を横へ振る。

「ううん、違う。私がいけないのね。寅次さんに、『白鴉様』の話なんかしたから」

「そうじゃねぇ、そうじゃねぇんだ、お嬢さん。おいらは、ただ」

そこまで一息にまくし立ててから、寅次はふいに黙った。

軽く俯いて、哀しそうに呟く。

「こんなつもりじゃ、なかった。ただ、『白鴉様』に、おいらとお嬢さんのことを、親御さんには黙っててもらおうと、思っただけなんだ。それが、どこで、どう、道を間違っちまったのか。もっとちゃんと、坊主が『白鴉様』かどうか、確かめればよかったんだよな」

拾楽は、呆れた。冷ややかに割って入る。

「悔いる場所《とこ》を、間違ってますよ」

のろのろと、寅次が拾楽を見た。

「『白鴉様』だかなんだか知りませんが、誰かを脅して頼み事をしようとしたことを、悔いて下さい。人違いだったと気づいた時、すぐにくだらない企《くわだ》てを止めなかったことを、悔いて下さい。お遥さんの幸せが、立派な家へ嫁《とつ》ぐことだと思ったんなら、とっとと別れりゃよかったんです。寅次さんと所帯を持つことがお遥さんの望みだと思うんなら、胸張って親御さんに名乗りを上げりゃあ、それで済んだんだ。嫁に貰うにゃあ気が引ける。けど、好いた女は諦めきれねぇ。どっちつかずの挙句《あげく》が、この様《ざま》ですか。もうお遥さんは、お前さんとの仲が世間に知られようが、知られまいが、立派な傷物だ。自分のせいで、惚《ほ》れた男を咎人《とがにん》にしちまったと、生涯悔いることになりますからね」

掛井と平八が、拾楽を見た。

お遥が、ほろほろと涙を零《こぼ》した。

くろが、お遥に向かって鼻を鳴らし、それから寅次の許へ行って、袂《たもと》を咥《くわ》え、引っ張った。

お遥が悲しんでいるから、なんとかしろ、と訴えているのだ。

お遥が、訴えた。

「私、目明しの女房になりたかったの。お父《と》っつあん、おっ母《か》さんに不義理をしても、寅次さんと一緒になりたかった。いつか、寅次さんが立派な目明しになったら、手下の人達に美味《おい》しいご飯を作って、寅次さんが出かける時は、火打石《ひうちいし》で切り火をして、『お前さん、行っといで』って、言いたかった。寅次さんじゃないお人に嫁ぐくらいなら、一生独り身でもいいって思ってた。堪忍《かんにん》して。そう、ちゃんと伝えなかった私がいけない。私のせいで」

「お、お嬢さん。お嬢さんが、詫びねぇでくれ」

お遥は、とうとう顔を手で覆ってしまった。

拾楽が、寅次に訊いた。

「いかがですか、寅次さん。目明しになるって自分の夢、目明しの女房になるってお遥さんの夢、どっちも棒に振っちまった気分は」

寅次が拾楽を見、掛井と平八を見、へなへなとその場に崩れ落ちた。すかさず、平八が寅次から匕首を取り上げた。

ほっとしたようによろめいたお智を、拾楽が支えた。

お智の手から盆が落ち、握り飯が転がった。

掛井が、へたり込んでいる寅次に近づき、胸倉《むなぐら》を摑んで立たせた。低く脅すように促す。

「蔵の鍵《かぎ》、とっとと出しやがれ」

寅次は震える手で、袂から鍵を取り出した。

平八が受け取り、蔵へ急ぐ。

程なくして、平八に肩を抱かれた太市が蔵から出てきた。

お智がまろびながら太市に駆け寄り、その手を握る。

助け出してくれた平八にもお智にも、気丈《きじょう》に笑顔を向けていた太市が、掛井と拾楽を見比べた途端、顔をくしゃりと歪《ゆが》ませた。

袖で、ぐしぐしと、目の辺りを拭《ふ》きながら、訴える。

「役者もどきの旦那も、お豆腐顔《とうふがお》の先生も、助けてくれるの、遅いですっ」

掛井が苦笑いを零した。

「役者もどきたあ、随分な言われようだ」

拾楽が、太市の肩を二度、軽く叩《たた》いた。

「がんばったな。お手柄だぜ、太市」

掛井の言葉に、太市は顔を上げ、にかっと笑った。泣き笑いの笑みだ。

「はい。ご隠居様の一番弟子《でし》ですから」

拾楽は笑って訊いた。

「おや、それじゃあ掛井の旦那は、何番になるのかな」

「ううん、二番かな、三番。それとも、お豆腐顔の先生や、生真面目《きまじめ》親分もまとめて、十番くらい」

やれやれ、という風に三人は、顔を見合わせて笑った。

お遥が抜け殻《がら》になったような寅次を抱き締め、泣いていた。くろが心配そうに二人の頬を代わる代わる舐めている。

さくらが、

――それ、苦手なのよね。

という風に、サバの陰に隠れた。

「おい、猫屋」

掛井が、拾楽に囁いた。

「いくら何でも、さっきのは、言いすぎじゃあねぇのか」

「そうですか。でもあれで少しは、旦那の胸につかえてたもんが、すっきりしたでしょうに」

「何だと」

「ご隠居から、寅次さんをしょっ引くなって言われて、臍《へそ》を曲げてたんでしょう。長屋から『見晴屋』へ行くってぇ話になった時、得心がいかないような顔をしてましたから」

掛井が、まじまじと拾楽を見た。諦めた様に溜息を吐き、告げる。

「ご隠居がお呼びだ。この立て籠り野郎を、番屋じゃなく、深川の庵《いおり》へ連れてこい、とよ」


拾楽達が、寅次とお遥を伴《ともな》い、犬と猫も揃って、深川、二キの隠居の庵に着いた時には、既にとっぷりと日が暮れていた。

戻った太市の腕を、二キの隠居はゆっくりと擦《さす》った。

無事を確かめるように、そのがんばりをねぎらうように。

再び泣き笑いの顔になって、太市が隠居に頭を下げる。

「ご心配を、おかけしました」

「怪我は」

「いいえ」

「ちゃんと、食べてたかい」

「お智さんの握り飯、美味しいんです」

「そうか」

「ご隠居様は、ちゃんと召し上がっていましたか」

「お前がいてくれないと、飯が味気《あじけ》なくていけないねぇ」

祖父と孫にも似た、情の籠った遣り取りを見ていた寅次が、玄関の三和土《たたき》に這《は》いつくばった。

「大ぇ事《でぇじ》な御身内を、とんだ目に遭わせちまい、面目《めんぼく》次第もございません――」

お遥も、寅次の傍らに額《ぬか》づく。

二キの隠居は、心の裡《うち》を見せない目を寅次に向けた。

「上がりなさい」

そう告げ、返事を待たずに、太市を連れて中へ向かった。

掛井と平八が、顔を見合わせた。

掛井が、こそっと拾楽に耳打ちをした。

「ありゃあ、怒ってるぜ」

「ええ、見りゃあ分かります」

平八が、寅次とお遥を立たせ、庵の中へ促した。くろは土間に大人しく伏せ、上目遣《うわめ》いに主《あるじ》とその想い人の背中を見送った。

居間《いま》に通され、寅次とお遥は、隠居の前で居住《いず》まいを正した。二人揃って、肩を窄《すぼ》め、項垂《うなだ》れている。

隠居の向かって左斜め後ろに太市がきちんと座った。サバが太市の傍らへ行ったので――まだ、太市の内心が落ち着かないことを、察しているのだろう――、さくらもくっついて行った。再会してから、さくらはサバにべったりだ。

掛井に拾楽と平八は、互いに目配《めくば》せで伝えあい、縁側に控《ひか》えることにした。余計な口を挟むことは、許さない。隠居は、そんな気迫《きはく》を纏《まと》っていたからだ。少し間合《まあ》いを取った場所で、大人しくしていた方がいいだろう。

二キの隠居が、静かに切り出した。

「お前を、長兵衛から貰い受けることにした」

へぇ、と、蚊《か》の鳴くような声で、寅次が返事をした。

「煮るなり、焼くなり、ご隠居様のお気の済むように、なすってくだせぇ」

顔を上げ、何か言おうとしたお遥を、寅次が小さく笑み、首を振ることで止めた。

「言われるまでもないよ」

隠居の言葉には、淀《よど》みがない。

きゅっと、寅次が覚悟を決めたように唇《くちびる》を嚙んだ。

「お前には、儂《わし》の道具となって、隅田川《すみだがわ》の西で働いてもらう」

寅次とお遥が、目を瞠《みは》って隠居を見た。すかさず、隠居が釘《くぎ》を刺す。

「道具だから、人扱いはせぬよ。儂は、お前を許した訳ではない。ただ、お前を町《まち》方《かた》に引き渡したり、八《や》つ裂《ざ》きにしたら、太市《このこ》の寝覚《ねざ》めが悪いだろうと思ってね。太市は優しい子だ」

太市が、照れ臭そうに笑った。察しのいい子だ。隠居とも付き合いは長い。隠居がこうするだろうということは、察していたのだろう。

隠居が続ける。

「もっとも、太市に少しでも傷をつけていたら、この子がどう取り成《な》そうと、八つ裂きにして南町の門前に放り出してやってるけれどね」

　掛井が、こっそり囁いた。

「ありゃ、ほんとにやってたぜ」

「聞こえてるよ、十四郎《じゅうしろう》」

　ふざけた掛井を窘めてから、隠居は再び寅次に向かった。

「お前ごときに出し抜かれて、儂は身に沁《し》みた。深川の主《ぬし》と呼ばれて満足していては、いけない。手足と頭は、縁側で『触らぬ神に祟《たた》りなし』という顔をした三人がいるから、足りている。耳目も、いないことはないが、手数が足りない。その末席に、お前を据えることにした」

　悪くない、と拾楽は「黒ひょっとこ」の頭で、考えた。

　噂話、町で起こったあれこれ、そんなものを聞きつけ、目にし、集めるには、人当たりが良く、顔も広く、性根《しょうね》の明るい「善人」の方が使える。

　探らずとも、周りが色々教えてくれるのだ。

　寅次が、震える声で訊ねた。

「ああ、あ、あっしを、手下として、使って頂けるので」

「それが、お前にとって、幸いなのかどうかは、分からないよ。何しろ儂はお前に腹を立てているから」

寅次が、身を乗り出した。

「構いやせん。どうぞ、こき使ってくだせぇ。そちらさんが仰《おつしや》ったように、もう少しでお嬢さんを傷物《きずもん》にするところでごぜぇやした。お嬢さんを救ってくださるなら、どんなことでもいたしやす」

「そうだね。まずは、『白鴉』を探っておいで。少し探らせてみたけれど、あれは、危《あぶ》ない。儂の大事な手の者を、これ以上不用意に近づける訳にもいかぬし、どうしたものかと思案していたんだ。お前なら丁度《ちようど》いい」

労《いたわ》りの欠片《かけら》もない言い振りに、お遥が辛《つら》そうに涙を堪《こら》えている。一方の寅次は、どんな指図《さしず》も、厳しい言葉も、全て受け止めると決めているようだ。いい目をしている。

掛井が、そっと口を挟んだ。

「ご隠居。寅次に何を探らせるおつもりです」

「何でも。『白鴉』の弱み、隙になりそうなこと、奴の目論見《もくろみ》を知りたい。儂が一番腹を立てているのは、寅次、お前じゃない。『白鴉』だ」

寅次が、戸惑ったように「あの」と、訊ねた。

やっぱり、と呟いたのは、太市だ。

「おいらは、『白鴉』さんに、身代わりにされたんですね」

そう言って、得心したように二つ、頷いた。

「妙だと思ったんですよ、ご隠居様。だって、白い鴉がいきなり懐いてきたんですから。こちらの寅次さんに狙われていると気づいた『白鴉』さんが、たまたま背格好のよく似たおいらを見つけて、白い鴉にじゃれつかせ、寅次さんに勘違いをさせたという訳ですか」

拾楽達は既に見慣れているが、太市の敏《さと》さに、寅次は感じ入ったようだった。珍しいものを見るような目で、すっかり本物の明るさを取り戻した太市を眺《なが》めている。

「寅次、返事は」

はっとして、寅次は深々と頭を下げた。

「畏《かしこ》まりやした」

太市とお智を助け出してから、三日が経《た》った。

お智は、早速奉公人達に知らせを出し、何事もなかったように店を開けている。

「見晴屋」は前にも増して大繁盛《だいはんじょう》だ。

寅次は、二キの隠居の伝手《つて》で、京橋《きょうばし》の長屋に腰を落ち着けた。お遥はくろを連れ、寅次のもとに身を寄せたが、二親が親類縁者を引き連れて怒鳴り込んできて、勘当だ、いや、戻ってこい、とひと騒ぎしたそうだ。その後もまだ、ごたついているらしい。寅次は、時を掛けて分かってもらおうと、心に決めているのだという。

白い鴉は、姿を見せない。

サバもさくらも、普段通り、のんびりとした暮らしに戻っているが、時折、サバが気を尖《とが》らせていることに、拾楽は気づいていた。

そして拾楽は、おはまの画を描かせて貰っている。

深川から戻ってすぐ、おてるが部屋を訪ねてきて、拾楽を脅したのだ。

おはまを、なんとかしてやれ、と。

おてるに言われるまでもなく、拾楽は気が気ではなかった。

お遥が長屋を訪ねてきた日のおはまは、普段と同じで、でもどこか違っていたから。

傷つけたくない。傷つけてしまったのなら、その傷を少しでも癒《いや》したい。

そう心から思っている自分に、拾楽は戸惑った。

戸惑い、考えた挙句、夏に向け、団扇《うちわ》の見本になるような画を描かせてくれないか、とおはまに頼んだ。

おはまは、驚いたが、嬉しそうに応じてくれた。

サバとさくらを膝に載せて貰ったが、何しろ、さくらがじっとしていない。おはまもさくらをあやしながら、お転婆なさくらに、つい笑ってしまって、まるで画が進まない。

拾楽は、やれやれ、と思ったが、おはまが幸せそうなら、まあいいか、とこっそり苦笑いを零した。

おはまが、ふと、綺麗に結《ゆ》った自分の髷《まげ》に指を伸ばした。明るい朱漆《しゅうるし》の櫛《くし》が、艶《つや》やかな黒髪に映《は》えている。

「先生、本当にこの櫛、貰っていいの。画の為の道具なのでしょう」

「いいんですよ。画の為ってのもありますが、おはまちゃんに似合うだろうなと思って、買ったんですから」

おはまが、嬉しそうに笑った。

「嬉しい」

可愛い。

そう思った途端、サバに、うなーお、と唸られた。

――目尻がいつもより下がってるぞ。

そう言われた気がして、急いで顔を引き締める。

「ああ、先《せん》だって長屋にいらしていた、『佐賀屋』のお嬢さん、お遥さん。家を出て好《す》いた男のところへ行ったようですよ。末は、『目明しの女房』になるんだそうで」

おはまが、さくらの相手をしていた手を、はたと止め、拾楽を見た。

――なんで、やめちゃったの。もっと遊んでー。

そんな風に、さくらがおはまの手をあま嚙みし、サバに叱られた。

おはまが、少し俯いて、「そう」と、応じた。

その声が柔らかかったことに、拾楽は安堵《あんど》した。

「お遥さん、幸せになるといいな」

「そうですね」

拾楽は答えた。

――勝手にやってろ。

とでも言うように、サバが喉の奥まで見えそうな欠伸《あくび》をした。

其の四

狙《ねら》われた長屋

紙問屋《かみどんや》、奥の間

「白鴉《しろがらす》」は、夢を見ていた。

赤子《あかご》の頃のこと、途切れ途切れに残っている記憶だ。

鬱蒼《うっそう》と木が茂《しげ》る仄暗《ほのぐら》い山、藪《やぶ》の中に寝かされ、じっと空を見ていた。

幾重《いくえ》にも重なる葉の隙間《すきま》から僅《わず》かに見える「空の欠片《かけら》」は、重たい鉛色《なまりいろ》をしていた。

自分よりも大きな白い鴉《からす》が、傍《かたわ》らに留《と》まって、こちらの顔を覗《のぞ》き込んだ。

次に覚えているのは、修験者《しゅげんじゃ》達が集まる山奥の寺へ引き取られた時だ。

赤子の頃に出逢《であ》った白い鴉も一緒だった。

その前、どこで暮らしていたのか、誰が赤子の自分を幼子《おさなご》になるまで育ててくれたのかは、分からない。

初め、修験者達は幼い自分を、「御子《おこ》」と呼び、崇《あが》めるように大切に扱った。

だが、その扱いが慇懃無礼《いんぎんぶれい》になるまで、さして時は掛からなかった。

修験者達は、気落ちしたように囁《ささや》き合った。

この御子は、半可者《はんかもの》であった、と。

全《まった》き標《しるし》は輝く白い髪のみ。

男子《おのこ》なのに、女子《おなご》の様《よう》な顔立ちも、片方だけ紅《あか》い目も。

白い鴉を通さないと使えない「千里眼《せんりがん》」。操《あやつ》り切れない風と、力のない火。

半可な天狗《てんぐ》の力、神の声を聞けぬ耳。みな、半可な標だ。

恐らく天狗と人との間に出来た子だろう。だから、神の使いの証《あかし》である「紅の両眼」を纏《まと》い切れず、片眼が茶色いのだろうと、修験者達は断じた。

それでも、と修験者達は諦《あきら》めたように言った。

半可でも、天狗の子、神の使いだ。

粗略《そりやく》には扱えぬ、と。

だから、暮らすこと、食うことには困らなかった。

母、父、兄弟。赤子に幼い子、町や人、「普通の暮らし」は、白い鴉が眼を貸してくれたので、よく知ることが出来た。白い鴉は、焰《ほむら》と名付けた。

自分と違い、両眼とも綺麗《きれい》な、炎《ほのお》のような紅をしている。

焰の眼を通して視《み》る人達は、皆楽しそうだった。修験者の寺の重苦しい色と違い、淡《あわ》い色、明るい色、鮮《あざ》やかな色、様々な色が溢《あふ》れていた。

人には「友」というものがいるらしい。
子供は「友」と遊び、大人は「友」と語らう。
諍《いさか》いをし、あるいは許し合い、あるいは離れていく。
見ているだけで、心が弾《はず》んだ。
自分にも、きっと「友」がいるはずだ。
いつか「友」をみつける。
その望みが、味気《あじけ》ない寺での暮らしに色を添え、生きるよすがとなった。
一年前、修験者達の目を盗《ぬす》んで、寺を抜け出した。
町へ入ると、皆が遠巻きにして自分を見ていた。
髪の色、見た目が、町の人々と違うことは分かっていた。
けれど、自分は分かっていなかった。
「自分と違う」人間を、人はどう見るか。
寺の修験者のように、こちらを見て手を合わせる大人《おとな》もいた。
怯《おび》えたように逃げ出す大人もいた。
小さな子は、目が合うと、怖《こわ》い、と泣き出した。
石を投げられた。自分よりも年下の子達だ。

肩から、焔が飛び立った。
鋭《するど》く鳴いて、石を投げた子達に襲《おそ》い掛かった。
逃げ回る子達を追い回し、嘴《くちばし》で目を狙《ねら》う。
やめ――。
焔を止めようとした時、恐ろしい形相《ぎょうそう》の大人に、怒鳴《どな》りつけられた。
「うちの子に、何をするんだ。この化《ば》け物め」
子供を追い回していた焔が、幾人もの大人に、棒で追われた。
やめろ。やめてくれ。
焔は、私の眼だ。生まれた時から一緒にいてくれた、大切な友だ。
大柄な男が振り回す棒の先が焔をかすり、白い羽が散った。
焔が、ぎゃあ、と悲鳴のような声を上げた。
目の前が、赤く染《そ》まった。
許さない。
火が、男の手の棒に灯《とも》った。
怯えた声が上がった。
見る間《ま》に、火が大きくなった。

男が、慌《あわ》てて棒を放した。

火が地面を走った。

戸惑《とまど》い、不安が襲った。

小さな火しか、自分は扱えなかったはずなのに。

それは、すぐに高揚《こうよう》に変わった。

自分を化け物と呼び、焔を傷つけようとしていた大人が、逃げ惑っている。

子供が、泣き叫《さけ》んでいる。

風を呼んでみた。

いつもは、呼ぶのもままならず、呼べたとしても思い通りにならなかった風が、望んだ通りに火を巻き込み、空へ昇り、家の屋根まで運んだ。

瞬《またた》く間に火は炎となり、家を焼き、町を包み、人々は逃げ惑った。

焔が、肩に戻ってきた。

ああ、楽しい。

心の底から感じた。

自分を蔑《ないがし》ろにする奴《やつ》ら、化け物と呼ぶ奴らなぞ、「友」ではない。「友」でなければ、要らない。

要《い》らないなら、せめて私の楽しみの種《たね》になれ。みんな、燃えてしまえ。

「白鴉」は目を覚《さ》ました。

「彦成屋《ひこなりや》」の奥、客間は夜中の闇《やみ》に包まれている。

「白鴉」が身体《からだ》を起こすと、焔が枕元に置いた寝床《ねどこ》の籠《かご》から飛び出して、「白鴉」の近くに寄ってきた。

「大丈夫だよ、焔。私は大丈夫」

焔の小さな頭を指で撫《な》でながら、思い出す。

あの火事以来、「白鴉」は修験者の集まる寺へ戻っていない。

京の町中の寺に身を寄せたのだ。

世俗の欲にまみれた寺で、少し力を見せた途端《とたん》、大喜びで「白鴉」と焔を受け入れた。

『衆生《しゅじょう》に、道をお示しくだされ。救いをお与えくだされ』

そう、大仰《おおぎょう》に頭を下げられ、頼まれたが、つまりは、「千里眼」の力を、「呪《まじな》い」「占《うらな》い」に使い、金を稼《かせ》げということだ。

「呪い」「占い」のための大仰な芝居《しばい》は面倒《めんどう》だったし、人の行く末まで覗ける「千里眼」――焔の眼を通して視《み》るだけだから、人の行く末なぞ、実は分かるはずもない――と勝手に触れこまれたのは腹が立ったが、修験者の寺よりも贅沢《ぜいたく》な暮らしをさせて貰《もら》ったので、よしとした。

愚《おろ》かな者共は「白鴉」が告げる偽《いつわ》りの「行く末」を、驚くほど容易《たやす》く信じ有難《ありがた》がった。

大男の井蔵《いぞう》は、その寺で下働きをしていた。生まれつき、唸《うな》るほどしか声を持たぬ男で、寺の僧侶《そうりょ》達に侮《あなど》られていたのを、「白鴉」が護衛《ごえい》にと貰い受けた。見た目に反しすばしっこく、力に物を言わせた立ち回りは、思いのほか頼りになった。

だが、どれだけ「白鴉様」と崇められ、有難がられても、人の「友」は現れない。

焔が、きゅるきゅる、きー、と小さな声を上げた。

甘えているのだ。

「白鴉」は、そっと焔の喉《のど》の辺《あた》りに触れた。

あの猫に噛《か》みつかれた喉笛《のどぶえ》の傷は、かなり癒《い》えた。

だが、爪《つめ》を立てられた左の翼《つばさ》の付け根がかなり痛《いた》むようで、未《いま》だ飛ぶことは叶《かな》わず、羽ばたきをするのも、右の翼のみだ。

命だけは、助けてやる。

そんな手加減《てかげん》を、あの猫にされた。

それが腹立たしかった。

少しくらい不思議な力がある猫ごときに、侮られたのが許せなかった。

「ねぇ、焔」

「白鴉」は、赤子の時から側《そば》にいる鴉に、話し掛けた。

心が、浮き立った。

「あの猫を燃やしてしまったら、『友』は集まってくれるのだろうか」

焔は答えない。

紅い綺麗な瞳《ひとみ》が、こちらをじっと見ているのみだ。

「楽しみだねぇ、焔」

＊＊＊

穏やかな昼下がりの長屋に、貫八《かんぱち》が戻ってきた。足取りも気配《けはい》も、何やら慌《あわ》ただしい。

サバが、だらんと寝転《ねころ》がっていた、畳《たた》んだせんべい布団《ぶとん》の上から顔だけを上げて、外の方を見た。

さくらは、サバの腹辺りで丸くなってすやすやと眠っている。鈍《にぶ》いのか、大物なのか、外の騒々《そうぞう》しい店子《たなこ》には見向きもしない。

魚屋の貫八は、野菜の振り売りの蓑吉《みのきち》と同じく、朝の動き出しが早い分、長屋へ戻って来るのも早い。それにしても、今日の戻りは早すぎはしないか。

ばたばたと、自分の部屋——拾楽《しゅうらく》の一つ置いた奥隣《おくどなり》、蓑吉が住む部屋の向かいだ——へ戻り、大事な商売道具の盥《たらい》やらまな板やらを適当に放り出し、すぐに出かける。

そんな様子が、慌ただしい物音から、容易く目に浮かんだ。

なんとなし気になって顔を出すと、ほぼ同じ間合《まあ》いで、おてるの部屋の戸も開いた。

一時に開いた腰高障子《こしだかしょうじ》に、丁度《ちょうど》前を通りがかった貫八が、ぎょっとした風で足を止める。

おてるが、眦《まなじり》を吊《つ》り上げて訊《き》いた。

「随分《ずいぶん》早いお帰りだねぇ、貫八《かんぱ》っつあん」

へどもどと、貫八が応じる。

「き、今日は魚の売れ行きがよかったんだよ」

「へぇ」

おてるが、胸をぐいと張った。

「それで、随分慌ててお出かけじゃないか」

「慌てちゃあ、いねぇよ。おてるさんの気のせいだ」

そりゃあ、上手《うま》くない言い訳ですよ、貫八さん。

拾楽はこっそり腹の裡《うち》で窘《たしな》めた。何か急ぎの用でもでっち上げていれば、もしかしたらおてるは引き下がったかもしれないのに。

案の定《じょう》、おてるが一歩、貫八に近づいた。

「ふうん、あたしの勘《かん》が鈍った、とでも言いたいのかい」

「か、勘って、何の勘だよ」

すっかり、貫八は及び腰だ。訊き返した声も上擦《うわず》っている。

おてるが、大威張《おおいば》りで答えた。

「貫八っつあんが、またおはまちゃんを泣かせるような騒《さわ》ぎを起こそうとしてる、って勘さ」

貫八は、今でこそ魚屋に専心しているが、少し前までは、あまり感心しないやり口で小金《こがね》を稼ぐことに、夢中になっていたのだ。妹のおはまも、店子仲間も、そんな危《あぶ》なっかしい貫八を案じていた。

詐欺《さぎ》まがいの危《あや》うい商《あきな》いに手を出し、危うくおはまが身売りしなければならない、というところまで追い込まれ、ようやく目が醒《さ》めた風に見えたのだが。

今の貫八は、その頃の浮《うわ》ついた様子に戻ってしまった。拾楽の目にも、そう映《うつ》った。

貫八が、しゅんと肩を落とし、「ひでぇ」と呟《つぶや》いた。

いささか言い過ぎのおてると言い合いにならないのは、貫八や他の店子から一目《いちもく》も二目も置かれているおてるの人柄《ひとがら》か、貫八の人の好《よ》さの為《な》せる業《わざ》か。

貫八が、弱気《よわき》な様子で訴《うった》える。

「俺《おら》ぁ、二度とおはまを泣かせるような真似《まね》は、しねぇよ」

真摯《しんし》な様子の貫八だが、おてるは矛《ほこ》を収めない。

「じゃあ、どこへ行こうってんだい。商いを途中で放り出して、こそこそとさ」

「おてるさぁん、本当に、魚は今日の分、すっかりきっちり売ってきたんだよ。閉まっちまう前に行こうと思って――」

おてるの目が、きらりと光った。

「おや。閉まるってのは、どこのことかねぇ」

はっとして、貫八が口を手で押さえた。

拾楽は、苦笑《にがわら》いで貫八を促《うなが》した。

「そろそろ、降参しちまった方がよさそうですよ、貫八さん」

貫八は、束《つか》の間《ま》言い淀《よど》んだが、すぐに諦めたように口を開いた。

「本当に、おてるさんが心配するようなことは、ねぇよ。評判の『白鴉様』ってのを、拝《おが》みに行こうかなって、思ったんだ」

拾楽は、静かに気を引き締めた。

「『白鴉様』ってのは、仁王門前町《におうもんぜんちょう》の紙問屋『彦成屋』さんに逗留《とうりゅう》しているという、千里眼のことですか」

「さすが、猫の先生、耳が早――」

「何だって」

顔を輝かせた貫八の言葉に、おてるの厳しい声が重《かさ》なった。

「見晴屋《みはるや》」で、お智《とも》と太市《たいち》を質《しち》にとった立て籠りがあったことを、おてるは知っている。だから、全《すべ》て落着してから、「白鴉」が何やら企《たくら》んでいることは端折《はしょ》り、念入りな口止めをした上で、経緯《いきさつ》を拾楽から伝えてあったのだ。

おてるが貫八に迫った。

「まさか、拝み屋なんぞに、おはまちゃんの嫁《とつ》ぎ先を探して貰おうってんじゃあないだろうね」

貫八は、目を丸くして、すぐに両手を勢いよく振った。

「そんな訳《わけ》、ねぇだろう、おてるさん。おいらが下手《へた》に乗り気になった縁談で、おはまを危《あぶ》ねぇ目に遭《あ》わせてから、おはまの嫁ぎ先探しは、もう懲《こ》りちまったんだ」

そう言ってから、貫八は思い出したように項垂《うなだ》れた。

「こうして考えると、おいらは、つくづく駄目《だめ》な兄貴だよなあ。おてるさんが心配するのも当たり前《め》ぇだ」

おてるが、どん、と貫八の肩口辺りを叩《たた》いた。

「何、馬鹿《ばか》なこと言ってるんだい。おはまちゃんが、気立ても良くて、しっかりしたいい娘《こ》になったのは、貫八《かんぱ》っつあんって兄さんがいたからじゃないか」

おてるの言葉には、危なっかしい兄を支えるために、おはまはしっかりせざるを得なかったのだ、という、いささか厳しい皮肉も含まれている。

だが、幸いというか、残念ながらというか、貫八は全《まった》く気づかなかったようだ。まんざらでもない顔で、えへへ、と笑った。

もっとも、おはまの気立ての良さに関しては、さすが兄妹、人の好い貫八とよく似ているし、何より、互いの他は身寄《みよ》りのない中で、貫八はしっかりおはまを守ってきた。

そこは胸を張っていいところだ。勿論《もちろん》おてるも、そう思っているからこその励《はげ》ましだ。

貫八は、すぐに笑《え》みを収めて言った。

「おはまはしっかりしてる。おはまが好いて、連れてきた男に文句《もんく》は言わねぇって、おいらぁ決めてるんだ」

おてるが、ちらりとこちらへ笑い含みの視線を送ってきたが、拾楽は知らぬ振りをした。

貫八の言う「男」の中には、元盗人《ぬすっと》も、冴《さ》えない中年の画描《えか》きも、きっと含まれてはいないだろう。

拾楽は、ほろ苦い思いを心から締め出した。

おてるが腕を組んだ。

「おはまちゃんの縁談じゃないなら、拝み屋へ何を訊きに行くんだい」

「おてるさん、拝み屋じゃねぇよ。千里眼だ。それもただの千里眼じゃねぇ。人の行く末まで見通せるってぇ噂《うわさ》だぜ。『白鴉様』の言った通りの薬を呑《の》んだら、膝《ひざ》の痛みがたちどころに治ったたってぇ爺《じい》さんもいるくれぇだ。きっと本物の千里眼なんだよ」

「なおさら、拝み屋と似たようなもんじゃないか」

断じたおてるを、貫八は束の間恨《うら》めしそうに見た。

おてるが貫八を急《せ》かす。

「だから、早くお言いったら。拝み屋に何を訊きに行こうってんだい」

「さ、魚屋のことさ、商いの話だよ。おはまが働きづめだから、せめてもうちっと楽させてやれねぇかなって、よ。だから、どっちに行きゃあいいとか、どんな魚を仕入れりゃあいいとか、視て貰えねぇかなって。ほら、おてるさんも見かけたろう。花見ん時に来てた白い鴉。『白鴉様』は白い鴉を連れてるんだそうだ。きっとあの鴉だぜ。おいら達にゃあ、縁があるんだ」

おてると拾楽は、目を見交《みか》わした。

安堵《あんど》半分、心配半分だね、とおてるの目が告げている。拾楽も同感だ。

安堵は、貫八自身の商いの話に留《とど》まっていたこと。

とりあえず、かつての「危うい小金稼ぎ」に再び手を出そうというつもりは、ないらしい。

心配は、おはまを楽にさせたいという願い。

貫八が「危うい小金稼ぎ」に夢中になった理由《わけ》は、やはりおはまだった。貫八がようやく父について魚屋の商いを覚え始めた頃、兄妹は二親《ふたおや》を亡くした。まだ小さかったおはまを抱《かか》え、貫八は苦労をした。おはまのために、二人で生きるためになるべく多くの銭《ぜに》を。

かつておはまから聞いた話では、貫八はそう考えたのだという。

その時の想いと、今、貫八が「白鴉」に頼ろうとしている理由《わけ》は、全く同じなのだ。

最初《はじめ》は、「真っ当な魚屋の商いでもっと稼ぐ方策」を知りたいと思っていても、例《たと》えば「白鴉」がこう言ったらどうだろう。

『魚屋なぞより、もっと稼ぐ道がある。その道の先に、妹御《いもうとご》の幸せがある』

何しろ、「白鴉」に会う前から随分な浮かれようだ。貫八は、きっとその話に飛びつく。

おてるがぴしゃりと告げた。

「忘れたのかい。あの白い鴉は、サバの大将が追っ払《ぱら》ったんだよ。おみつさんも、薄気味《うすきみ》悪いって言ってた。詳《くわ》しくは話せないけど、あたしもひっかかることがある。そんな胡散臭《うさんくさ》い鴉を連れてる奴になんざ、わざわざ会いに行くもんじゃないよ」

それから、少ししんみりとした口調《くちょう》に変え、貫八を諭《さと》す。

「あのさ、貫八っつあん。お前さん、目利《めき》きで鳴らしてる魚屋だろう。魚をおろす腕前も、料理人の利助《りすけ》さんが『敵《かな》わねぇ』って言うほどだ。魚にも商いにも素人《しろうと》の拝み屋を頼らなくたって、いくらだっていい工夫《くふう》が出来るだろう」

いつもは厳しい長屋の纏《まと》め役に褒《ほ》められ、貫八は目を白黒させながらも、嬉《うれ》しそうだ。おてるが続ける。

「おはまちゃんだって、働くことをちっとも苦にしちゃあいない。それどころか、楽しそうに通い奉公《ぼうこう》してるじゃないか。先様《さきさま》にも頼りにされて、大事にされてさ。おはまちゃん、楽したいなんて、言ったことあるかい。楽出来ないことより、今の仕事を取り上げられる方が、あの娘《こ》にとっちゃあ、辛《つら》いと思うけどね」

貫八が、しゅんとした顔をして項垂れた。

おてるに、「先生も何とか言ってやっとくれ」という目で睨《にら》まれ、拾楽は苦笑を堪《こら》えて言い添えた。

「あたしも、視えてるか視えてないか分からない奴に訊くより、魚にも客にも直《じか》に接してる貫八さんが自分で工夫した方が、手っ取り早いと思うんですがねぇ。誰かに知恵を借りたいんなら、利助さんや蓑吉さんの方が、まだ魚や商いのことを分かってる。見料《けんりよう》だって掛からない」

「そ、そうかな」

上手く思い直してくれそうな気配ではあるが、名残惜《なごりお》しそうな目が気になった。

拾楽は、そうですね、と頷《うなず》いた。

「どうしても気になるってんなら、あたしが話を聞いてきます」

「先生」

おてるが、咎《とが》めるように拾楽を呼んだ。

「猫の先生が、おいらの代わりにかい」

訊いた貫八は、目を輝かせている。

拾楽は、おてるを宥《なだ》めた。

「だって、おてるさん。ここで貫八さんを無理に止めても、そのうちこっそり出かけちまいますよ。だったら、知り合いの魚屋の話だってことにして、あたしが行く方がいい」

おてるが難しい顔で頷いた。

「確かにね。先生だったら、貫八っつあんみたいに、鵜呑《うの》みにして言いなりになる、なんてことはないだろうし」

貫八が、力なくぼやいた。

「おてるさんも、先生も、ひでぇや」

拾楽は笑いながら訊《たず》ねた。

「それじゃあ、止《や》めておきますか」

貫八が、怖い顔をして睨んでいるおてるをちらりと見てから、身体を縮《ちぢ》め、「お頼みしやす、先生」と頭を下げた。


一度部屋へ戻って支度《したく》し、外へ出ると、サバが当たり前の顔をして付いてきた。後を追ってきたさくらをサバが一度は追い返したが、さくらは妙に強情《ごうじょう》で、珍《めずら》しくサバが根負けしたようだ。

――まったく、世話が焼ける。

ちょっと情けなさそうに耳を伏せて、サバは拾楽を見た。

「お前が折れるなんて、珍しいね」

拾楽が声を掛けると、サバは鼻に皺《しわ》を寄せた。

「あたしに八《や》つ当たりしないどくれよ」

言いながら長屋を出、拾楽は思案した。

さて、あたしが代わりに訊いてくるとは言ったが、どうしたもんか。あちらは、あたしの顔も素性《すじょう》も、お見通しのはずだ。

ともかく、「見晴屋」とお智の様子を確かめようと決め、先を急いだ。

仁王門前町の紙問屋、「彦成屋」の前には、人だかりができていた。集まった人々は皆、先刻《せんこく》の貫八とよく似た、浮《うわ》ついた目をして、そわそわと落ち着かない様子だ。

小声で交わしている言葉から察するに、「白鴉様」に視て貰う順を待っているところらしい。

隣の「見晴屋」も相変わらずの繁盛《はんじょう》ぶりだが、饅頭《まんじゅう》を買いに来た客は、何事だ、という顔で「彦成屋」の人だかりを見ている。

新たにやって来た女が、名を書いた紙を渡し、「よろしくお頼み申します」と、のだろう。

幾度も頭を下げた。

ああやって、順を待つのか、と眺《なが》めながら、拾楽は「見晴屋」へ足を向けた。

店へ入ろうとしたところで立ち止まり、後ろを振り向いた。

ぎょっとしたように一歩下がったのは、寅次《とらじ》だ。拾楽に声を掛けようとしていたのだろう。

小袖《こそで》の裾《すそ》を腰端折《こしばしょ》りにし、足には藍色《あいいろ》の股引《ももひき》。股引と同じ藍の羽織《はおり》が、いかにも「着せられている」風で、拾楽は笑いを堪《こら》えた。

「た、魂消《たまげ》た。猫の先生が、急に振り返るから」

さっと空や屋根を見回して、白い鴉の姿がないことを確かめ、告げる。

「すみません。背中で気配がしたもので」

拾楽が答えると、寅次は拾楽の足許《あしもと》から、寅次の様子を窺《うかが》っているサバとさくらを見下ろし、相好《そうごう》を崩《くず》した。

サバは、辺りへ気を配るのに忙しくて、寅次どころではない様子だ。さくらは、少し胡散臭そうに、少し物珍しそうに、サバの側《そば》で寅次を見ている。

「榛色《はしばみいろ》の瞳がサバの大将、金色の瞳がさくら。先生の飼い猫だそうでごぜぇやすね」

し、と拾楽は、口の前に人差し指を立てた。

「飼い猫と呼ぶと、サバの機嫌《きげん》が悪くなります。あたしを子分だと思っているので」

へぇ、と、寅次は面白《おもしろ》がっている顔をしたが、すぐに、拾楽に近づいて早口で囁いた。

「こんなとこで、何をしておいでで」

「ああ、ちょっと『彦成屋』さんの千里眼に用がありましてね」

寅次が、慌てた顔をして、拾楽を「彦成屋」から遠ざけるように腕を引いた。

仁王門の辺りまで引っ張ってきて、ようやく足を止める。

付いてきた二匹を見て、寅次が感心したように呟いた。

「賢《かしこ》いなあ」

褒められたのが分かったか、さくらが寅次へ懐《なつ》きに行った。

「おお、さくら。寅次さんと仲良くしてくれるのかい」

しゃがんでさくらを撫でている寅次に、拾楽は訊いた。

「先程も気になりましたが、よく、二匹のことをご存じですね」

立ち上がって、寅次が答える。

「平八《へいはち》親分から、伺《うかが》いやした。で、先生は、猫ばっかり描いてるから猫の先生。そうお呼びしろと」

拾楽は、笑って頷いた。

「なるほど。そのいで立ちも、平八親分から」

寅次は、眦《まなじり》を下げて、自分の姿を見回した。

「可笑《おか》しいですかい。いや、やっぱり、可笑しいですよねぇ。ついこないだまで、長兵衛《ちょうべえ》親分の手下《てか》をやってたのに、こんな一丁前《いっちょうまえ》の格好《かっこう》なんて」

「よくお似合《にあ》いですよ」

「先生、目が笑ってやすぜ」

「いや、本当にお似合いです。ご隠居《いんきょ》から十手《じって》を」

拾楽が訊ねると、寅次は面《おもて》を引き締め、大切そうに懐《ふところ》から十手を取り出した。

「その方が、動きやすいだろうから、と」

「早速、ご隠居に頼りにされているようですね」

寅次が心許《こころもと》なげに笑った。

「違《ちげ》ぇやすよ、先生。ご隠居は、あっしのこたぁまだまだ信用ならねぇそうです。誰かに預けて面倒を掛けちゃあいけねぇ。ひとりっきりで苦労してみろ。お前は道具なんだから。そう、言われやした」

拾楽は、「そうですか」とだけ応じた。寅次への、慰め、励ましを、隠居は許さないだろうし、寅次自身も望んでいないだろう。

しんみりと笑って、寅次は語った。

「お遥とも、話してるんですよ。ご隠居様にゃあ初めてお会いした時から、厳しいことの言われ通しですが、とどのつまり、気にかけて頂《いただ》いてるなあ、ありがてぇことだ。きっと、あっしが太市坊と『見晴屋』の女将《おかみ》さんへ償《つぐな》う機会をくだすってるんだって。あっしは、そのご隠居様のご期待に、応《こた》えなきゃあならねぇ」

目明《めあか》しとしての覚悟が決まっただけではない。どうやら寅次は、お嬢さんと呼んでいたお遥《よう》のことを、名で呼べるほど、二人の仲に関しても腹が据《す》わったようだ。

拾楽は小さく頷いてから、切り出した。

「それで、『白鴉』のことは、何か摑《つか》めましたか」

寅次が、そうだった、と呟いて、声を低め、拾楽を止めた。

「猫の先生も、サバの大将も、『白鴉』にゃあ近づかねぇ方がいい」

拾楽は、笑みをひんやりとしたものに変え、訊いた。

「そりゃまた、どうして」

寅次は、力なく首を振った。

「そ、その。ご隠居様から、先生にゃあまだお伝えするなってぇ、言いつかってるもんで」

「そこまで言われたら、余計《よけい》聞きたくなります」

「い、いや、でも――」

「寅次さん。あたし自身と、サバのことですよ」

寅次は困り顔で拾楽を見つめていたが、やがて諦めた風で口を開いた。

「正直なとこ、まだ、はっきりとしたこたあ、分からねぇんです。ただ、『千里眼』に視て貰ったってぇお人の話を集めると、どうやら、猫と画描きに会いたくて、江戸へ出てきたらしいんで」

「ほう、猫と画描き、ですか」

拾楽が繰り返すと、へぇ、と寅次が頷いた。

寅次は「白鴉」の千里眼に視て貰った客に、地道《じみち》に声を掛け、丹念《たんねん》に話を聞いたらしい。少しずつ、気になる話の欠片《かけら》を集めると、「長屋に住んでいる、風変わりな雄《おす》の縞三毛《しまみけ》と、猫ばかり描いている画描き」が目当てで、「彦成屋」の誘いに乗り、江戸へやって来た、という話に纏《まと》まるそうだ。

なるほど、ご隠居が寅次を使うことに決めたのは、捨て駒にする為《ため》ではなかったようだ。なかなかの探索の腕、大した目明し振りである。

感心している拾楽に、寅次は真剣な目で訴えた。

「太市坊を蔵《くら》に閉じ込めたあっしが言うこっちゃあねぇが、手前《てめ》ぇの身代わりに、通りすがりの太市坊を仕立てるような、危ねぇ奴です。よくねぇことを企んでるに決まってる」

拾楽は首を傾《かし》げて、寅次に確かめた。

「そんな『危ねぇ奴』を、寅次さんはおひとりで探《さぐ》ってらっしゃる」

「そりゃ、それがご隠居様のお言いつけですから」

「手伝います」

「先生」

「実は長屋の店子仲間に、代わりに視て貰ってきてくれと頼まれているんですよ。だからついでに、探ってきます」

「そいつはいけねぇ。すぐにここから離れてくだせぇ」

なーう。

サバが、鋭く鳴いた。

――来たぞ。

そう言われた気がして、サバの視線の先、「見晴屋」の屋根の上を見遣《みや》った。

あの白い鴉だ。

拾楽は、微笑《ほほえ》んだ。

「そういう訳にも、いかないようです。ほら、お出迎えだ」

白い鴉は、サバに向かって、もう治ったぞと、誇示《こじ》するように、白い翼《つばさ》をはためかせた。

サバが、拾楽をじっと見ている。ほんの微《かす》か、榛色《はしばみいろ》の瞳に、青い光が滲《にじ》んでいた。

「お前も、行くかい」

――当たり前だ。

と、サバが団子《だんご》の尾を小さく振った。

寅次が、一大決心をした顔で頷いた。

「それじゃあ、あっしもお供《とも》いたしやす」

拾楽は、さくらを抱き上げ、ひょい、と寅次に預けた。

「寅次さんは、さくらを見ていてください」

声には出さず、続ける。

サバもあたしも、さくらに気を掛けてやれないかもしれないから。

さくらは、哀《かな》しそうな目をしたが、サバを見下ろすと、大人しく寅次の腕に収まった。寅次は、迷うように拾楽とさくらを見比べてから、小さく頷いた。

「くれぐれも、お気をつけて」

寅次の言葉に送られて、拾楽とサバは、「彦成屋」へ向かった。

「彦成屋」の店先に着くと、手代《てだい》の方から拾楽に近づいて来た。

拾楽を、次にサバを確かめるように眺め回して、告げる。

「おいでを。『白鴉様』がお呼びです」

順を待っている客達が、一斉《いっせい》にざわめいた。

あいつ、今来たばかりだぜ。

名札も、渡してないよ。

きっと、「白鴉様」には、何か視えたんだ。

羨《うらや》ましいねぇ。「白鴉様」から呼んで頂けるなんて。

いや、案外とんでもねぇもんが視えちまったのかもしれねぇ。

そんな囁き声が、あちらこちらから聞こえる。

人目を集めるってのは、居心地《いごこち》が悪いもんだね。

拾楽は、そっと溜息を呑み込んだ。

今まで、目立つことがなかった訳ではない。

だが、妬《ねた》みや嫉《そね》み、そこに混じる意地の悪さ、そんなものに、微かな息苦しさを感じる。

覚えず肩に力を入れていた拾楽の前を、サバがすたすたと、案内の手代も追い越して進んでいった。手代が猫を咎めないのは、連れてこいと言われているからだろうと、見当をつける。

それでも、サバはまるで臆《おく》した様子がない。

あれほど警戒《けいかい》していた相手に対し、ひとたび腹を据えたら、動くことに何の迷いもないということか。

やっぱり、あたしよりサバの方がずっと頼もしいねぇ。

子分扱いされるのも無理はない、と、こっそり笑う。

通されたのは、奥向きの広い部屋で、がらんとした座敷の床《とこ》の間を背にして「白鴉」が、その斜め前に、主《あるじ》を護《まも》るように大男の井蔵が、座していた。

拾楽は、その姿に驚いた。

女子《おなご》のような儚《はかな》げな顔立ち、血の紅《あか》をした左目と、暗い茶の右目。肩に白い鴉を載せているのも、深川《ふかがわ》で見た姿と変わらない。

ただ、髪が混じり気《け》のない白に輝いている。

手代が拾楽を部屋へ促し、すぐに下がっていった。

一度も、「白鴉」と目を合わせなかったな。

そんなことを考えながら、「白鴉」の向かいにすっくと立って、「白鴉」を見ているサバの傍らに腰を下ろす。

目には、先刻《せんこく》よりもはっきりと、青の色が浮かんでいる。

「白鴉」はサバへ視線を向けようとしないが、肩の鴉がじっとサバを見据《みす》えている。つまりは、こっそりサバの様子を窺っているのだろう。

何かに気づいた顔で、「白鴉」が微笑んだ。

「ああ、この髪ですか。先日深川へ伺った時は、人目を引き過ぎない様、鬘《かつら》を被《かぶ》っていました。目は伏せていれば目立ちませんが、白髪《はくはつ》ばかりはどうにもなりません。京でも、出歩く時には鬘を使っています」

「そうでしたか」

軽く応じた拾楽に、「白鴉」が切り出した。

「お訊ねの向きは、どういったことでしょう」

「おや、そちらがあたしを呼んだのではありませんか」

「それは、店の前においでのあなたが視えましたので、『千里眼』にご用があるのだろうと思ったまで」

拾楽は、薄《う》っすらと笑った。

「なるほど。では、あたしが何を視て頂きたくて来たのか視えてはいない、ということですね」

やはり使えるのは、鴉の眼のみ。耳はなしらしい。

「白鴉」の頰《ほお》が、微かに強張《こわば》る。

ぴくりと、井蔵が動いた。殺気《さつき》を身に纏い、腰を浮かせる。

「井蔵。静かに」

「白鴉」の静かな声に、井蔵が物騒《ぶっそう》な気配を消し、座り直した。

拾楽は、試《ため》しに「白鴉」を煽《あお》ってみた。

「どうせ、視えはしないのでしょうが、頼まれてきたので、一応訊きます」

「白鴉」の紅い目に憤《いきどお》りが浮かんだ。まだ太市と同じ年頃だということを差し引いても、堪《こら》え性《しょう》がない。

「知り合いの魚屋が、もう少し商いで稼ぎたいと言っていましてね」

「長屋を」

「白鴉」が、斬《き》りつけるように、言葉を放った。すぐに凪《な》いだ声に戻し、繰り返す。

「あの長屋を、出ることです」

拾楽は、首を傾《かし》げて訊き返した。

「長屋を、ですか」

「ええ。あの長屋には、よくないものが棲《す》みついています。只人《ただびと》が住む場所ではない。悪いことは言わない。魚屋だけではありません。皆、日が暮れる前にあの長屋を去らなければ、大きな災《わざわ》いに呑み込まれるでしょう」

堪《たま》らず、拾楽は、ふ、と笑った。「白鴉」の眦が、不機嫌に吊り上がった。

「こりゃ、おてるさんの言った通り。千里眼ってぇ言うよりは、拝み屋だ」

「白鴉」が笑い返した。

「面白いことをおっしゃる。私は、視るのみ。拝んでも何も変わりませんし、幸《さち》を招くことも災いを呼ぶことも、出来ない」

おや、と拾楽は思った。

「白鴉」から、「出来ない」という言葉が飛び出すのが意外だった。

二《に》キの隠居にも張り合って、「彦成屋」の広い座敷でふんぞり返り、少し煽っただけで、むきになっていた子供が、急に下手《したて》に出たのはなぜだろう。

弱気、とも、正直、とも違うようだが。

拾楽は訊ねた。

「それでは、よくないもの、が何か。住み続けたらやってくる災いとは何か。教えて貰えませんか」

「詳しく聞きたいのでしたら、改《あらた》めて外で順を待ち、『彦成屋』さんに見料をお支払いくださいい。あまりに大きな災いが視えたので、案じてお知らせしたのは、私の情けです」

ここまで煽ったなら、ついでだ。痛いところを突いてしまえ。

拾楽は、ゆったりと微笑み、切り出した。

「急に見料の話で誤魔化《ごまか》そうってぇ訳ですか。所詮《しょせん》は、その白い鴉の眼を借りて、辺りを盗み見てただけ。人の行く末やら、災いやらなぞ、どうせ視えていないのでしょう」

ぴり、と、「白鴉」の気配が尖《とが》った。

井蔵が何か仕掛けて来るかと思ったが、石になったように動かない。

先刻の、「静かに」という主の言いつけを、忠実に守っているらしい。

「白鴉」は、尖った気配のまま、口許のみで笑った。

「先刻から、随分おしゃべりですね。余程《よほど》、その猫を護りたいと見える」

お前の目論見《もくろみ》はお見通しだ、とでも言いたそうな、生意気《なまいき》な物言《ものい》いだ。

サバは、動じる訳でもなく、敵意を向ける訳でもなく、ましてや飛び掛かる様子も見せず、ただ、静かに「白鴉」を見つめている。

「あたしが心配しなくても、サバは自分で自分を護ります。こいつは、あたしより余程強い。千里眼気取りの、あたしでも勝てそうな、どこぞの小僧《こぞう》よりもね」

拾楽は、更《さら》に「白鴉」に喧嘩《けんか》を売った。もう少し、サバから自分へ「白鴉」の敵意を逸《そ》らしておいた方がいい。

部屋に入った時から、白い鴉の紅い眼を通して、「白鴉」の敵意がサバに注《そそ》がれていることに、拾楽は気づいていた。

そうですか、と「白鴉」は明るく告げた。

「これ以上、お話しできることはないようです。ご足労をおかけしました」

潮時《しおどき》か。

「サバ、失礼しよう」

拾楽の声に、サバが、ふい、と「白鴉」から目を逸らした。また、拾楽に先んじて、すたすたと部屋から出て行く。

やれやれ、と苦笑いを零《こぼ》し、拾楽は、相変わらず気まぐれで威張りん坊の縞三毛に続いた。

＊

「白鴉」は、肩の焔に手を伸ばし、小さな頭を撫でながら、サバがいた場所を見つめ、呟いた。

「あの猫、ずっと私を見ていたね。焔、お前とも、私とも違う、澄んだ泉に木々の葉の色を映したような、不思議な色の目で。綺麗だったねぇ、あの目。どうやら、私の偽りも、見抜いている顔をしてたよ。やっぱり、目障《めざわ》りだ。私の仲間になる気は到底なさそうだし。あいつがいる限り、あの長屋は手に入らない。それじゃあ困るんだ」

井蔵が、うう、と唸った。

「白鴉」は、呆《あき》れたように笑った。

「お前がいくらすばしっこくても、あの猫は無理だよ。人の手には捕《つか》まらない。私と焔に任《まか》せて。代わりに、井蔵には画描きを任せる。あいつも、ただの画描きじゃなさそうだ」

うう、とまた井蔵がくぐもった声を上げた。

「白鴉」は、楽し気《げ》に頷いた。

「そう、あの画描きの相手をするのが、そんなに楽しみかい」

きゅるる、と、白い鴉が甘えるように、小さく鳴いた。

*

「彦成屋」を後にし、拾楽は、ほっと息を吐いた。サバは、人間なら「うんっ」と声を出していそうな、盛大な伸びをしている。

サバも、自分も、「彦成屋」にいる間、ぴりぴりしていたような気がする。

白い鴉が後を追って来るかと思ったが、姿は見えない。

程なく、さくらを抱いた寅次が、駆け寄ってきた。

さくらは、サバの姿を認めるや、寅次の腕から身体を捩《よじ》って飛び降り、サバに身体を擦《こす》りつけた。

――おかえりー。

か、あるいは、

――心配した。

だろうか。

はいはい、というように、サバはさくらのしたいようにさせている。

寅次が、拾楽へ囁いた。

「ご無事のお戻り、何よりです」

まるで、地回りの親分にでもなった気分だ。拾楽は思わず笑ってしまった。だが寅次は、大真面目《おおまじめ》だ。

「それで、何か分かりやしたか。『白鴉』はどんな風でした」

拾楽は、寅次を促した。

「往来で出来るような話でもない。どれ、『見晴屋』さんの蔵でも、お借りしましょうか」

からかい混じりの拾楽の言葉に、寅次は目を白黒させた。

店先で忙しくしていた「見晴屋」の番頭、由兵衛《よしべえ》にお智を呼び出してもらう。程なくして奥から笑顔で出てきたお智だったが、寅次に気づくや、立ちすくんでしまった。

「お智さん、顔が引き攣《つ》ってます」

お智が、慌てたように頬に手を当ててから、苦笑いを拾楽と寅次へ向けた。

「引き攣るくらいは、許してくださいな。正直、あの時はどれだけ恐ろしかったことか」

寅次が、必死でぺこぺこと、頭を下げた。

「その節は、大変申し訳ねぇことを、致しやした。あっしがこうして、大手を振って町中を歩いてることさえ、腹立たしい思いでござぇやしょう。何でも言ってくだせぇ。あっしにできることなら、なんだって――」

お智が、苦笑を深くし、寅次を止める。

「もう、その辺りで。何か困ったことがありましたら、その時はお力をお貸しくださいな、親分さん」

寅次は、ますます小さくなった。

拾楽は、お智に言った。

「その辺で、許してあげてください」

「いやだ、厭味《いやみ》を言った訳じゃあ」

「ええ、分かってますよ、お智さんの性分《しょうぶん》は。申し訳ありませんが、話をする場を貸して頂けませんか。蔵でも結構です」

お智が、萎《しお》れて縮んでしまった寅次をちらりと見ながら、拾楽を咎めた。

「先生こそ、手厳しくはありませんか」

「すみません、ちょっとからかってみただけです」

拾楽が冗談《じょうだん》にしたことで、寅次もお智も、少しぎこちなさがほぐれたようだ。

寅次は項垂れていた頭を少し持ち上げ、お智の笑みは、ようやくいつもと同じ柔《やわ》らかさを取り戻した。

お智は、自分が帳場として使っている部屋へ、拾楽と寅次、それに二匹の猫を通してくれた。

訊かれたくない話をするのだろう。

そんな風にすっかり心得《こころえ》ている顔で、「ごゆっくり」と告げ、自分は店先へ出て行った。

サバとさくらは、勝手知ったる、といった様子でのんびり寛《くつろ》いでいる。

申し訳なさそうに、お智の後ろ姿を見送っていた寅次へ、拾楽は切り出した。

「少しばかり、喧嘩を売ってきました」

ぎょっとした顔で、寅次が拾楽を見る。

「喧嘩を売ったって、先生。何をしなすったんです」

ざっと、「白鴉」に言った言葉を伝えると、寅次の顔が見る見るうちに青ざめていった。

「いけねぇ。そりゃあ、いけねぇよ、先生」

ううん、と拾楽はのんびり唸った。

「いけねぇ、と言われても、もう言っちまったもんは、仕方ありません」

寅次は、少し咎める目をして言った。

「奴は危ねぇ。そう、お伝えしたじゃありやせんか。先生だって、とうにご存じのはずだ」

「寅次さん。寅次さんが探ってくだすった、あれ。『長屋に住んでいる、風変わりな雄の縞三毛と、猫ばかり描いている画描き』が目当てで、江戸へ出てきたという話。丹念に遣《や》り取《と》りの欠片《かけら》を、寅次さんが繋《つな》ぎ合わせてくれたのは間違いない。ですがその欠片、『白鴉』が、ついうっかり口を滑《すべ》らせたのだと、思いますか」

寅次が大きく首を傾《かたむ》けた。

「ついうっかり、じゃないなら、一体《いって》ぇ何です」

拾楽は、ひんやりと笑った。

「敢《あ》えて、あたしに知らせようと、漏《も》らした。ここへ来て、急に評判になったことといい、さっき呼びつけられたことといい、多分脅《おど》しでしょうね」

「まさか」

「寅次さんの企みを察し、太市を身代わりに立てたほど周到な奴ですよ。『妖《あやかし》、地獄耳《ごくみみ》に千里眼』と呼ばれているご隠居に張り合っているのか、とも思いましたが、考えてみれば、白い鴉は、初めからあたしとサバに纏《まと》わりついていた。本当の狙いは、こちらだったようです」

「て、大《て》ぇ変だ。どうしたら。そうだ、ご隠居様に――」

狼狽《うろた》え、腰を浮かせた寅次を、拾楽は宥めた。

「ちょっと待って。そこまで、寅次さんが気を揉《も》む訳を聞かせて下さい。あの『白鴉』には何があるんですか」

ごくりと、生唾《なまつば》を呑み込み、寅次は声を低くして答えた。

「ありゃあ、ただの『千里眼』じゃあありやせん。先生」

「はい」

「火に。火にお気をつけくだせえ」

「火ですか」

「ええ」

まだ、詳しいことまで分かってはいないが、と断《ことわ》り、寅次は語った。

胡散臭い。言われたことが外《はず》れた。紅い目が薄気味悪い。

「白鴉」を悪く言った客が、立て続けに火事に遭ったのだという。火の不始末でもなく、他からのもらい火でもない。付け火でもない。ひとりは、目の前で、近くに火の気《け》のない障子が、いきなりめらめらと燃え上がったのを、目の当《ま》たりにしたそうだ。

「妙だな」

拾楽は呟いた。

「白鴉」は、遠耳の力はないはずだが。なぜ、客の蔭口が分かったのか。

すぐに、ひとりの顔が思い浮かんだ。

拾楽を案内した「彦成屋」の手代。念入りに「白鴉」と目を合わさないようにしていた。あれは怯えていたのだ。

なるほど。江戸での耳は、あの手代が務めていたのか。

拾楽は、腕を組んで呟いた。

「鴉、千里眼、そして火、天狗か。天狗がサバとあたしに、何の用だろうか」

「白鴉」は、言っていた。

『皆、日が暮れる前にあの長屋を去らなければ、大きな災いに呑み込まれるでしょう』

なーお。

サバがひと鳴きして、立ち上がった。

――帰るぞ。

そんな目で見ているサバへ、拾楽は頷いた。

「そうだね。こりゃ、早く戻った方がよさそうだ」

「先生」

不安げな目をしている寅次に、拾楽は告げた。

「寅次親分に、頼みがあります」

風のない夜明け前。

行商の旅に出た清吉《せいきち》の他は、皆「鯖猫長屋《さばねこ》」に揃《そろ》っている。

腹の上で寝ていたサバが身体を起こした気配で、拾楽は目を覚ました。

――来た。

鮮やかな青が浮かんだ瞳で拾楽を見、サバが部屋から飛び出した。

急いでいても、ちゃんと前脚《まえあし》で腰高障子を開けて出て行く辺り、人間臭いというか、律儀《りちぎ》な猫だ。

寝起きのよたよたした足取りでサバについて行こうとするさくらの頭を、その場に軽く押さえるようにしてひと撫でし、拾楽はサバに続いた。

長屋の入り口、木戸《きど》の柱の天辺《てっぺん》に白い鴉が留まっていた。

サバが、跳《と》んだ。

壁を足掛かりにして、木戸にいる鴉に襲い掛かる。

仕留《しと》める気だ。

拾楽がそう思った時、鋭い風音と共に、サバの身体が、宙《ちゅう》で傾《かし》いだ。

突風だ。

サバを巻き上げたつむじ風が、今度は上からサバに向かって、勢いよく吹き下ろしてきた。

このままでは、地面にたたきつけられる。

拾楽が、サバに手を伸ばすよりも早く、サバが宙で身体を捻《ひね》った。

強い風から上手く逃れ、鮮やかに地面に降り立つ。

拾楽は、木戸のすぐ手前で、井蔵を従え立っている「白鴉」を見据えた。

ぎゃあ、ぎゃあ。

木戸の柱に留まっていた白い鴉が、けたたましい声で二度鳴いた。

ほどなくして、浴衣《ゆかた》に与六《よろく》の印半纏《しるしばんてん》を羽織ったおてるが飛び出してきた。

「何の騒ぎだい」

「おてるさん、中へ」

拾楽は、早口で告げた。

おてるが、落ち着き払った顔で言い返した。

「先生。何かあるって気づいてたね。こっちは浴衣に、亭主から借りた半纏なんてえ格好なのに、ちゃっかり小袖なんぞ着込んでてさ。まったく、憎《にく》たらしい」

「そんな呑気《のんき》な話をしてるとこじゃあ、ないんですよ」

「見りゃ分かるよ」

まったく。

拾楽が思わず笑った時、与六が顔を出した。おてるの手を引いて下がらせながら訊ねる。

「先生、危ねぇことになりそうか」

「ええ、少しばかり」

「白鴉」が、にたりと笑った。

「少しどころではありません。昼間、せっかく警告《いまし》めてやったのに。日暮れまで猶予《ゆうよ》を差し上げたのに、聞かないからです」

「白鴉」が柔らかな仕草《しぐさ》で掌《てのひら》を上にして右手を顔の前に上げた。

その掌のすぐ上で、紅く小さな火が、ぽう、と灯った。

宙に浮いている火は、人魂《ひとだま》のようだ。

「白鴉」が、おてるをひたと見つめた。

うやーう。

サバが、「白鴉」に向かって、低く鳴いた。

――お前の相手は、こっちだ。

そんな風に。

「白鴉」の紅い目が、サバに移った。

風が、「白鴉」の翳《かざ》す火の周《まわ》りを舞う。火が一回り大きくなった。

「白鴉」が、謳《うた》うように言い放つ。

「この私の言葉に、耳を貸さなかった自《みずか》らを責めるがいい。燃えろ。この長屋も、生意気な猫も、ここに居座る輩《やから》も、皆燃えてしまえ――っ」

長屋のあちこちで、動き出す音がした。

皆、この騒ぎに目を覚ましたようだ。

「せんせ――」

おはまの声が聞こえた。おはまと貫八の部屋の開きかけた戸を押さえるように、拾楽は声を張った。

「おはまちゃん、部屋にいて。皆さんも、出て来てはだめです。心配いらない。この長屋は燃えません」

「白鴉」が、楽し気に言った。

「さあ、それはどうかな」

ごう、と風が「白鴉」を芯《しん》にして渦《うず》を巻いた。白い掌から炎が舞い上がり、綯《な》われた縄《なわ》のような細長い形を取ると、真《ま》っ直《す》ぐに井戸へ。

井戸端《ばた》に置いてあった手桶《ておけ》が、次いで洗濯に使う盥《たらい》が、瞬《また》く間に燃え上がった。

ぱち、ぱち、と音を立てて火の粉《こ》が上がり、木が爆《は》ぜる。

井戸そのものにも、火が燃え移った。

水を含んだ井戸は、すぐには燃え上がらないが、白い煙が靄《もや》のように上がり始めている。

辺りにきな臭い煙の匂いが、立ち込めた。

おてるが、叫んだ。

「先生、大変だ。井戸が燃えるっ」

おてるの声を聞きつけて、豊山《ほうざん》が部屋から出てきた。

「井戸が、燃えるって――」

目の前に立ち上る炎を見て、転《ころ》がるように井戸へ近づく。

「わあ、だめだ、だめだっ。井戸端には、雪割草《ゆきわりそう》がっ」

「駄目です、豊《とよ》さん。危ないっ」

拾楽の制止も耳に入らないのか、豊山は井戸端に咲く雪割草に飛びついた。

この年明け、井戸端に根を張って以来、ずっと、咲いては散り、新たな蕾《つぼみ》を出し、花を開いてまた蕾が育つ、を繰り返しながら、桜が咲く頃になってもなお、長屋の店子達の目を楽しませてくれていた、山吹色《やまぶきいろ》の雪割草。

この雪割草が、ずっと豊山に憑《つ》いていた可愛《かわい》らしい吉原《よしわら》の新造《しんぞう》の幽霊《ゆうれい》、山吹の今の姿だと察しているのは、拾楽とサバ、さくらのみだ。

豊山は、山吹がこの世のものではないことさえ、知らない筈《はず》だった。

それでも、山吹の恋心が届いたのか、豊山の戯作者《げさくしゃ》ならではの感性か、ごく当たり前のように、山吹色の小さな雪割草に、縁のあった山吹を重ねていた。

「鯖猫長屋」の井戸端で咲き続ける雪割草を、誰よりも気にかけ、喜んでいたのは豊山だ。

「大変だ。雪割草が燃えてしまう。萎《しお》れてしまう。すぐにどこかへ、移してやらなきゃ」

熱に浮かされたように呟きながら、豊山は雪割草を掘り返している。

「白鴉」が、楽し気に目を細めた。

井戸を燃やそうとしていた炎が、勢いよくはじけ、一塊《ひとかたまり》の火の玉となって、豊山の背中へ跳んだ。

ちっ、と、サバの舌打ちが聞こえたような気がした。

サバが奔《はし》った。

豊山と雪割草を庇《かば》った格好で、間に割って入ったサバが、もろに火の玉を喰《く》らった。

　ぱっと、火の玉がいくつもの欠片になって飛び散り、すぐに消えてなくなった。

「白鴉」が、驚いた様に目を見開き、「そんな」と呟《つぶや》く姿が目の端《はし》に映ったが、拾楽はそれどころではなかった。

「サバやっ」

　拾楽の叫びに、長屋の店子達が皆、部屋から飛び出してきた。

　与六が叫んだ。

「水だ。火を消せ」

　蓑吉が、ひっくり返った声で言う。

「み、水ったって、与六さん。井戸が燃えてるんじゃ」

　涼太《りようた》が、鮮やかな手つきで袖に襷《たすき》を掛けながら、指図《さしず》をする。

「水甕《みずがめ》の水だ。貫八っつあん、蓑吉《みのき》っつあん、商いで使う盥を貸してくれ」

「お、おう」

　と応じたのは、貫八だ。

　利助は早速《さつそく》、貫八の部屋から盥を持ち出し、自分の部屋の水甕の水を移している。

急げ。長屋へ燃え移る前に、火を消せ。
豊さん、邪魔《じゃま》だ。水が掛かるぜ。
仕様がねぇなあ。そのまま雪割草の傘《かさ》んなっててくれよ。
畜生《ちくしょう》、なかなか消えねぇな。どうなってやがる。
天水桶《てんすいおけ》の水、取って来る。
おう、頼む。
てきぱきとした男達の声を遠くに聞きながら、拾楽はその場から動けずにいた。
サバが、蹲《うずくま》ったまま、動かない。
いきなり、どん、と背中を叩かれ、軽く咽《む》せた。
おてるが、拾楽を叱《しか》った。
「何、ぼっとしてんだい。しっかりおし、大将は燃えちゃいないよ」
言うや、サバの許へ走った。
おてるよりも先にサバに駆け寄っていたおはまが、弾んだ声で知らせる。
「先生、大丈夫。大将、生きてるっ」
サバが、ゆっくりと立ち上がり、うにゃ、と小さく鳴いた。
飛び切り冷たい目で、拾楽を見遣る。

――お前らの薄っぺらい着物とは出来が違う。あれくらいの火で燃えるか、馬鹿。

という目つきだ。

おてるが、明るく続けた。

「自慢の長いひげも、縞三毛の毛皮《けがわ》も、どこもかしこも綺麗なもんだよ。さすが大将」

おきねとおみつが、濡《ぬ》らした手拭《てぬぐ》いで、サバを冷やしてくれている。

――冷たい。止《よ》してくれ。

心持ち情けない形に、サバは耳を下げている。

サバが長屋の女達に世話を焼かれる呑気な眺めに、拾楽はようやく生きた心地《ここち》を取り戻した。

冷えた頭で考えれば、あれはただの火ではない。

言わば、妖が生み出した「妖の火」だ。生命《いのち》が抜けた木材は燃やせても、サバを燃やせるまでの力はないのだろう。現に、サバに当たった途端、火は砕け散る様に、消えた。

サバへ近づこうとして、拾楽は飛び退《すさ》った。

後ろから襲い掛かった井蔵の拳《こぶし》が、空《くう》を切る。

「先生っ」

おはまの悲鳴。

井蔵と睨みあいながら、拾楽はおはまを宥めた。

「こっちは、大丈夫。サバを頼みます。さくらも部屋から出て来ちまうかもしれない」

「分かりました」

頼もしい返事に、拾楽は微笑んだ。

「白鴉」と長屋の男達の、激しい攻防が続いている。

「白鴉」の生み出す火と風は、男達を梃子《てこ》摺《ず》らせ、一方の「白鴉」も、少し眉間《みけん》に皺を寄せ、苦しそうだ。

とても、拾楽やサバを襲ったり、新たな火を生み出す余裕《ゆとり》はないらしい。

よし、と拾楽は改めて井蔵に対した。

盛り上がった腕が振り回されるたび、ぶん、と、風を切る鈍い音が鳴る。随分と俊《しゅん》敏《びん》な大男だ。

井蔵の目まぐるしい拳を、拾楽は身を反《そ》らし、屈《かが》め、左右へ体《たい》を開き、躱《かわ》していった。

なかなか、拳が当たらない。苛立《いらだ》ちが、井蔵に僅かな隙《すき》を生んだ。

拾楽は、身体を低く沈めて井蔵の懐《ふところ》へ入り込んだ。鳩尾《みぞおち》に拳を容赦《ようしゃ》なく繰り出す。

井蔵は、びくともしない。

拾楽は、すぐに跳び退《の》き、間合いを取る。

「あれでびくともしないのか。嫌《いや》だねぇ」

ふざけ半分でぼやくと、今度は井蔵がものすごい速さで、拾楽を捕まえに掛かった。

あの腕に捕《とら》えられたら、万事休すだ。

拾楽を両手で抱え込もうという魂胆《こんたん》だろう。腕を広げ、井蔵が跳びかかってきた。

拾楽は、間合いを測って、井蔵の左の肘《ひじ》辺りに手を付いた。

井蔵の勢いも借り、蜻蛉《とんぼ》を切るように、身体を縦《たて》に回し、井蔵の後ろへ。肩車の格好で分厚《ぶあつ》い肩にまたがり、右の腕を余さず使い、左手も添えて、太い首を絞《し》めつけた。

首から頭へ向かう血の流れを、これで止める。頭に血が足りなくなれば、どんな力自慢の大男でも、あっさり倒れる。

むきになって暴《あば》れる井蔵の動きを読みながら、拾楽は首を絞め続けた。

そこへ、ばたばたと、掛井《かけい》、平八、そして寅次の順で、長屋へ駆け込んできた。

掛井が声を上げた。

「火事かっ」

平八と寅次が、さっと、火消しの手伝いに入ってくれた。

「遅かったじゃあありませんか、旦那《だんな》」

掛井が、顔を顰《しか》めた。

「悪い。そろそろ夜明けだってぇ油断した」

昼間、拾楽は寅次に掛井と平八へ、言伝《ことづて》を頼んでおいた。

「白鴉」は、「日が暮れる前に長屋を去れ」と言った。こちらが指図通りにしないことを、見越してそう告げたのだ。

それならばきっと、その日の夜に仕掛けてくる。

だから、甘酒屋《あまざけや》で待っていてくれ、騒動が起きたら長屋へ駆《か》けつけてくれ、と。

最初《はな》から長屋やその近くに潜《ひそ》まれては、白い鴉の眼を使う「白鴉」にも、知られてしまう。少し離れた甘酒屋が、いいだろう。

井蔵は侮れない。拾楽は掛かりきりになってしまうかもしれない。そうなれば、「白鴉」を抑える助け手《たすけて》、平八が欲しい。

掛井の立ち回りは、元よりあてにしていないが、化け物や幽霊、怪異にびくともしないおかしな力は、欲しかった。

にゃーおう。

サバが、掛井に向かって鳴いた。

――おい、子分。出番だ。

と、早速サバは、掛井を顎《あご》で使おうとしている。

「サバが、旦那の出番だって言ってますよ。得手《えて》でしょう、素手《すで》で胡散臭いものを捕まえるの」

掛井が嬉々《きき》として、腕をまくった。

「おお、サバ公。狐《きつね》だろうが鴉だろうが、生《なま》っ白《ちろ》いもんのあしらいは、任せろ」

「旦那。あたしを見て言わないでください」

すかさず拾楽が釘《くぎ》を刺《さ》すと、掛井はにやりと笑って訊いた。

「で、どっちをとっ捕まえるんだ。鴉か、生意気な子供《がき》か」

「生意気な方をお願いします。鴉はうちのお転婆《てんば》が、なんとかしてくれそうですので」

いつの間に部屋から出てきたのか、さくらが屋根の上にいた。金色の目が、間合いを測るように、火を操るのに夢中な「白鴉」を見つめている。

ぎゃあ、ぎゃあ。

敵意をむき出しに、白い鴉がさくら目がけて飛んで行った。翼を広げた姿は、さくらよりも大きい。

さくらは、余裕綽々《しゃくしゃく》で飛び来る鴉を見据えていた。

鴉の鋭い爪が、さくらに届こうかという刹那《せつな》、さくらが跳んだ。獲物《えもの》に逃げられ、たたらを踏んだように、屋根の上でつんのめった鴉の首を、さくらが容赦なく踏みつけた。

抜かりなく、爪も出ている。

鴉は空《むな》しく、白い翼をはためかせたが、もがくほどにさくらの爪が首に食い込み、動けなくなってゆく。

哀し気な声で、白い鴉が二度、かあ、かーあ、と鳴いた。

井戸を燃やすことに夢中になっていた「白鴉」が、ようやく屋根を見上げた。

「焰っ。あの生意気な猫ならともかく、まだ子供の、只《ただ》の雌猫《めすねこ》に、焰が後《おく》れを取るなんて」

ここで、ようやく井蔵の身体から力が抜けた。

拾楽が、ひらりと飛び降りると、大きな身体が、横倒しになった。

ずしん、と小さな地響きが起こる。

やれやれ、大層骨が折れた。

肩を軽く回しながら、拾楽は「白鴉」に告げた。

「うちのお転婆娘を、侮っちゃあいけない。誰よりも近くで、サバの身ごなしを見ている子です」

「井蔵が。焰が――。そんな、馬鹿な」

狼狽《うろた》える「白鴉」に、掛井が無造作《むぞうさ》に近づき、ごいん、と白髪の頭へ拳骨《げんこ》を見舞った。十分に手加減した、拳骨だ。すかさず、「白鴉」の襟首《えりくび》をぐい、と摑んで逃げられないようにする。

心底仰天《しんそこぎようてん》した顔で、「白鴉」は掛井を見た。

「なんだ、お前、一度もこんな風に灸《きゆう》を据えられたことがねぇのか。悪戯《いたずら》が過ぎる男子《おのこ》は、大人に拳骨を貰うもんだぞ」

「お、ようやく消えてきたぜ」

与六が、ほっとした声を上げた。

男達から、わあっと歓声が上がる。

「白鴉」は、泣きそうな顔で、「嘘《うそ》だ」と呟いた。

「どうして、火が起きない。風が来ないんだ」

拾楽は、こっそり笑った。

「さすが、成田屋《なりたや》の旦那です。こういう時だけは頼もしい」

掛井は、腑《ふ》に落ちない顔で訊き返した。

「こういう時って、どういう時だ」

弾《はじ》かれたように、「白鴉」がもがき始めた。

「おい、こら、暴れるな。暴れたって逃がさねぇぞ」

「もう一度、もう一度、火を呼び風を操れば、お前なぞ――」

「暁《あかつき》。止《や》めなさい」

よく響く声が、「白鴉」を止めた。

修験者の姿をした、すらりとした男が、長屋の木戸の前に立っていた。

修験者は、丁寧《ていねい》に頭を下げると、「白鴉」に向かった。

「探した。噂を辿《たど》ってようやく見つけたが、一足遅かったようだな」

穏《おだ》やかだが厳しい物言いに、「白鴉」は俯《うつむ》いた。

「暁」が、「白鴉」の本当の名らしい。

「なぜ、山の寺を抜け出した。抜け出した先には、何があった。千里眼よ、『白鴉様』よと、おだてられ、持ち上げられ、いい様に使われ、踊らされた気分は、どうだ」

「白鴉」がさっと顔を上げた。傷ついた目、上ずった声で、むきになって言い募《つの》る。

「わ、私は、認めてくれる場が、友や仲間と一緒にいられる場が、欲しかっただけだ。お前達は、初めは私のことを天狗の子だ、神の使いだと崇めたくせに、すぐに半可者だと、見限ったじゃないか。そんな私と同じように、気味悪がられ、恐れられ、陰《かげ》では半可者と謗《そし》られ、悔《くや》しく哀しい思いを抱いている者はきっと、大勢いる。そういう仲間が、のびのびと暮らせる場所を得ようとしただけだ。そういう者達に、友になって欲しいと、思っただけだ。江戸には、不思議な力を持った猫と、猫ばかり描いている画描きの住む長屋があって、幽霊や妖が集まり、不思議なことばかり起こるらしいと、旅の僧に聞いた。そこなら、皆集まってくれる。そう思ったから。だから――」

掛井が呆れた顔で、「白鴉」の言葉の続きを引き取った。

「だから、サバ公や猫屋達を、長屋から追い出そうとしたのか。手前ぇ《てめ》達がここへ収まるつもりで」

「白鴉」は、誰からも目を逸らし、押し黙《だま》っている。

修験者が、再び頭を下げた。

「二度と再び、暁を寺の外へ出すことはいたしませぬ。ですから、この愚か者を京へ連れて帰ることを、お許しいただけるだろうか。暁の不始末で燃えてしまった井戸や盥は、こちらの金子《きんす》で賄《まかな》っていただきたい」

皆の目が、おてるに向いた。

おてるが一歩前へ出て、修験者が差し出した巾着《きんちゃく》を手に取り、その中のいくらかのみを手に取った。

与六に見せて、訊ねる。

「お前さん、井戸を直すにゃあ、こんなもんでどうかな」

「ああ、丁度いいくれぇだ」

うん、とおてるが頷き、巾着を修験者へ返した。

全て受け取って欲しいと言い張る修験者を、おてるは「見くびるな」と怒った。

「口止め料なんざ、冗談じゃないよ。ねぇ、皆」

店子達は、互いに顔を見合わせ、頷き合っている。

「こっちは、燃えちまった井戸を直して貰えりゃあ、それで。なあ」

と言ったのは、利助だ。

豊山が、腕を組み、渋《しぶ》い顔で呟く。

「付け火だと訴え出ても、誰も付けたところを見てませんしね。その男子が火と風を操ったんだ、なんて言ったって、信じちゃ貰えないでしょう」

おてるが、頷いた。

「そんなわけだからね、とっととその人騒がせな子を連れて帰っとくれ。大体、人の噂なんざ鵜呑みにしちゃあだめだよ。この長屋は、サバの大将がいるからちょっと他人様《ひとさま》の口に上るってだけで、化け物も妖も、集まったりしやしない」

へなへなと、「白鴉」がその場に頽《くずお》れた。

拾楽は、掛井に確かめた。

「このまま、京へ帰してもいいんですか。ご隠居は、相当お腹立ちだったでしょうに」

掛井が、渋い顔で首の後ろをごしごしと擦った。

「とどのつまり、皆無事だったしな。火事騒ぎも、井戸と盥が燃えたくれぇで収まった。鴉はか弱い雌猫に、警固の大男は生《なま》っ白《ちろ》い画描きにのされちまって、てめぇの千里眼も、うちのご隠居に敵わねぇ。天狗の伸び切った鼻がぼっきり折れちまったってぇだけで、灸としちゃあ、十分だろ」

それから掛井は、ぶっきらぼうに告げた。

「なあ、修験者さんよ。この坊主《ぼうず》に、人を押し退《の》けてつくった場所に集まる仲間なんざ、ろくな仲間じゃねぇ。手前《てめ》ぇさえよけりゃあ他は知らねぇ、何をやったってかまわねぇ、そんな了見《りようけん》の奴にゃあ、そもそも友も仲間もできねぇって、教えてやってくれ。それから、うちの『妖、地獄耳に千里眼』から言伝だ。千里眼を得るには、天狗の力、鴉の眼、不可思議な力は要らない。信の置ける者を周りに集めればいい。信の置ける者を集めるには、まず自らが信を置いて貰える人間になることだ。だとさ」

「白鴉」のガラス玉めいた、傷ついた目に、ほんの少し、情の籠《こも》った光が揺れた。

修験者が「白鴉」から掛井に視線を移し、深々と頭を下げた。

「白鴉」が恐る恐る、といった動きで、自分の頭に手をやる。先刻掛井に拳骨《げんこつ》を貰った辺りだ。細い声でぽつりと呟く。

「悪戯《いたずら》が過ぎる男子《おのこ》には拳骨。私は今までそんな風に叱られたことがなかった」

紅と茶の眼が縋《すが》る様に掛井を見た。掛井が、とびきり渋い顰《しか》め面《つら》になる。

「俺ぁ、頭は撫でねぇぞ。まだお前にゃあ腹を立ててるんだ。叱って欲しいんなら、その坊様に頼め。小っちぇえころから面倒見てくれて、京から江戸まで、迎えに来てくれたんじゃねぇか。立派な身内、お前が欲しかった仲間だろうが」

のろのろと、「白鴉」が修験者を見た。

修験者は、暫《しば》く「白鴉」を見返していたが、やがて華奢《きやしゃ》な肩を、そっと叩いた。

「白鴉」の紅と茶の目が、頼りなげに揺れる。その姿は歳よりも随分《ずいぶん》と幼く見えた。

掛井は、横目で寅次を見ながらぼやいた。

「ったく、咎人《とがにん》を見逃《みのが》してばっかりじゃあ、そのうち御役御免になっちまう」

寅次が、首を竦《すく》めて掛井に泣きついた。

「旦那ぁ。もうそろそろ勘弁《かんべん》してくだせぇ」

修験者に連れられ、「白鴉」――暁達が京へ立ってから、五日が過ぎた。

「鯖猫長屋」の井戸は、焦《こ》げてしまった板を全て取り換え、盥と手桶が新しくなった。

豊山が、火を消す水でずぶ濡れになって守った雪割草は、変わらず可憐《かれん》な花を咲かせている。

朝早く、拾楽は、奉公に出かける前のおはまを誘って「籠善《かごぜん》」へ豆腐を買いに出かけた。春の陽気に呼ばれたか、サバとさくらも、のんびりと後を付いてきた。

「籠善」は、神田川《かんだがわ》を南に渡った先、鎌倉河岸《かまくらがし》に店を出す豆腐屋で、おぼろ豆腐が飛び切り旨《うま》いのだ。

神田川の水面《みなも》が、朝の陽《ひ》をきらきらとはじいている。花筏《はないかだ》というにはまだ少し早いが、桜の花びらが幾枚か、近づき、離れてを繰り返しながら、流れていく。

おはまが、ぽつりと呟いた。

「大将に火傷《やけど》がなくて、先生も怪我《けが》せずに済んで、本当によかった」

「ほっとはしましたが、いよいよ猫離れしてきて、なんだか空恐《そらおそ》ろしいですよ」

「無事でいてくれるんなら、どんどん猫離れして欲しいくらい」

おはまが、思い出したように笑った。

「大将は、いつものことだけど。みんな、驚いてた。先生が、あんな怖そうな人に勝っちゃったのだもの」

井蔵を昏倒《こんとう》させた拾楽に大喜びだった長屋の男達を思い出し、拾楽も笑った。

なぜ画描きにあんなことが出来るのだと、妙な勘繰《かんぐ》りをしないところが、「鯖猫長屋」の連中らしい。

「ねえ、先生」

「はい、何でしょう」

おはまは、真摯な目で拾楽を見ている。

「大将と先生は、何でも自分達だけで抱え込もうとしているのが、ちょっと心配」

そんなことはない、と言いかけて、拾楽は止《や》めた。

真摯な目をして拾楽を見ているおはまを、誤魔化したくなかった。

おはまが続ける。

「そりゃあ、大将や先生にとって、あたしたちが頼りないのは分かってる。でも、ちょっとは力になれるかもしれないでしょう。ちょっとずつ、皆の力を集めたら、結構な力になると思うの」

また、あたしたち、か。

拾楽は苦笑いを堪《こら》え、おはまへ頷いた。

「ありがとうございます。頼りにしますよ。おはまちゃんを、ね」

「うふふ、嬉しい」

敢えて、おはまだけの名を出した言葉を軽く往《い》なされて、拾楽は小さな溜息を呑み込んだ。

これくらいじゃあ、気づいてもらえないか。

「それから」

おはまが話を変えたので、拾楽は「それから」、と繰り返すことで先を促した。

「あの『白鴉』さん。案外身近に『大切な人』はいたんだって、気がつくといいわね」

「大切な人って、あの修験者のことですか」

「成田屋の旦那が言った通り。放って置くこともできたのに、手を尽くして探し、江戸まで迎えに来てくれた。あたしたちに幾度も頭を下げ、井戸のことも心配してくれた。それは、『白鴉』さんを大切に思ってるからだわ。友かどうか、なんて、大したことじゃないと思うの」

拾楽は、そうですね、と頷いた。

「期待していたからこそ、落胆《らくたん》をするもんです。見捨てた相手には、期待も落胆もしない。生まれつきの才に落胆されたなら、その分研鑽《けんさん》を積んで、また期待してもらえるようになればいい」

おはまが、まじまじと拾楽を見た。

「それ、直《じか》にあの子に言ってあげれば、よかったのに」

「そういうのは、自分で気づくもんです」

おはまが、ふふ、と笑った。

「やっぱり、先生って照れ屋なのね」

なんだか酷《ひど》く照れくさくて、拾楽は素《そ》っ気《け》なく言い返した。

「そんなことは、ありませんよ」

「あ、ほら、照れてる」

楽しそうなおはまが、拾楽には朝の光よりも、眩《まぶ》しかった。

馬鹿馬鹿しい、というように、サバとさくらが揃って立ち止まり、同じ格好で伸びをした。


〈了〉

本書は、書き下ろし作品です。

著者紹介
田牧大和（たまき　やまと）
東京都生まれ。2007年、「色には出でじ、風に牽牛」（刊行時に『花合せ』に改題）で小説現代長編新人賞を受賞してデビュー。
著書に、「鯖猫《さばねこ》長屋ふしぎ草紙」「濱次お役者双六」「藍千堂菓子噺」「三悪人」「とんずら屋請負帖」「其角と一蝶」「錠前破り、銀太」「縁切寺お助け帖」シリーズ、『まっさら』『八万遠《やまと》』『陰陽師 阿部雨堂』『恋糸ほぐし』『かっぱ先生ないしょ話』など。

PHP文芸文庫　鯖猫《さばねこ》長屋ふしぎ草紙（八）

2020年３月19日　第１版第１刷
2024年４月１日　第１版第５刷

著　者　田牧大和
発行者　永田貴之
発行所　株式会社ＰＨＰ研究所
東京本部　〒135-8137 江東区豊洲5-6-52
文化事業部　☎03-3520-9620（編集）
普及部　☎03-3520-9630（販売）
京都本部　〒601-8411 京都市南区西九条北ノ内町11
PHP INTERFACE　https://www.php.co.jp/
組　版　朝日メディアインターナショナル株式会社
印刷所　図書印刷株式会社
製本所　東京美術紙工協業組合

ISBN978-4-569-90008-7

PHP文芸文庫

鯖《さば》猫《ねこ》長屋ふしぎ草紙（一）〜（七）

田牧大和 著

事件を解決するのは、鯖猫⁉ わけありな人たちがいっぱいの「鯖猫長屋」で、不可思議な出来事が……。大江戸謎解き人情ばなし。

PHP文芸文庫

本所おけら長屋(一)〜(十三)

畠山健二 著

江戸は本所深川を舞台に繰り広げられる、笑いあり、涙ありの人情時代小説。古典落語テイストで人情の機微を描いた大人気シリーズ。

PHP文芸文庫

ねこだまり

〈猫〉時代小説傑作選

宮部みゆき、諸田玲子、田牧大和、折口真喜子、森川楓子、西條奈加 著／細谷正充 編

今読むべき女性時代作家の珠玉の名短編！愛らしくも、ときに怪しげな存在でもある猫の、魅力あふれる作品を収録したアンソロジー。

PHP文芸文庫

なさけ

〈人情〉時代小説傑作選

宮部みゆき、西條奈加、坂井希久子、志川節子、田牧大和、村木　嵐　著／細谷正充　編

いま大人気の女性時代作家による、アンソロジー第三弾。親子や夫婦の絆や、市井に生きる人々の悲喜こもごもを描いた時代小説傑作選。